Über dieses Buch

»Eines Tages bricht Nagl, ein junger Lehrer, mit seinem bisherigen Leben und reist ins winterliche Italien. Bei ihm ist seine Freundin Anna, mit der er früher schon einmal längere Zeit zusammengelebt hatte und von der er sich innerlich nie hätte lösen können. Nagl und Anna fahren zunächst nach Neapel und besteigen den verschneiten Vesuv, später geht es nach Rom und schließlich nach Venedig. Die Einzelheiten registriert Nagl mit großer Genauigkeit, aber im Grunde bleibt er zu allem, was er sieht und erlebt, in größter Distanz: ›Alles kam ihm fremd und nicht für ihn bestimmt vor.‹ Und: ›Im Grunde war es egal, wohin er fuhr.‹ Nicht, als ob er das, was um ihn herum geschieht, nicht wahrnähme; doch die Außenrealität verstärkt nur, was ihn psychisch belastet, sie wird zum Spiegel seiner Emotionen, denn: ›Er sah dauernd sich selbst.‹ Was er sieht, irritiert und verstört ihn, das Fremde bedeutet für ihn nicht Ablenkung, sondern es wirft ihn im Gegenteil immer zu sich selbst zurück. So kompliziert sich auch das Verhältnis zu Anna immer mehr, und am Ende verläßt sie ihn und fährt nach Österreich zurück. Nagl aber, der im Aufbruch und im Abschiednehmen vom Vertrauten eine Überlebensmöglichkeit für sich zu sehen scheint, beschließt, ›irgendwohin zu fahren, wo er sich nichts erhoffte‹. Schließlich löst er ein Ticket nach Alaska . . .

Auch die in den Dialogen und monologischen Reflexionen bisweilen gehobene, jedenfalls nicht ›realistische‹ Sprache deutet darauf hin, daß es dem Autor nicht vordringlich um Abschilderung der Außenwirklichkeit geht, sondern um die Darstellung psychischer Vorgänge und ihre Analyse bzw. die Selbstanalyse im Bewußtsein des Protagonisten. . . . Die Geschichte einer individuellen Krise, überzeugend aufgezeichnet von einem Schriftsteller, den man nicht zu Unrecht mit Handke und Thomas Bernhard vergleicht.«

Jürgen P. Wallmann

Der Autor

Gerhard Roth wurde 1942 in Graz geboren. Nach dem Studium der Medizin war er lange Zeit Organisationsleiter im Rechenzentrum Graz. Prosaveröffentlichungen: ›die autobiographie des albert einstein‹, Roman (1972); ›Der Ausbruch des Ersten Weltkriegs und andere Romane‹ (1972); ›Der Wille zur Krankheit‹, Roman (1973); ›Herr Mantel und Herr Hemd‹, Kinderbuch (1974); ›Der große Horizont‹, Roman (1974; Fischer Taschenbuch Bd. 2082); ›Ein neuer Morgen‹, Roman (1976; Neuausgabe 1979); ›Menschen, Bilder, Marionetten. Prosa, Kurzromane, Stücke‹ (1979). Für den Roman ›Winterreise‹ (1978) erhielt Gerhard Roth 1978 den ersten Preis des Literaturmagazins des Südwestfunks.

GERHARD ROTH

WINTERREISE

ROMAN

FISCHER TASCHENBUCH VERLAG

Fischer Taschenbuch Verlag
November 1979
Ungekürzte Ausgabe
Umschlagentwurf: Jan Buchholz / Reni Hinsch
unter Verwendung eines Fotos von Gerhard Roth
Fischer Taschenbuch Verlag GmbH, Frankfurt am Main
Lizenzausgabe mit freundlicher Genehmigung des
S. Fischer Verlages GmbH, Frankfurt am Main
© S. Fischer Verlag GmbH, Frankfurt am Main 1978
Gesamtherstellung: Hanseatische Druckanstalt GmbH, Hamburg
Printed in Germany
580-ISBN-3-596-22094-7

Es schien Nagl, als sei es das Normalste, sich selbst aufzugeben. Jeder wehrt sich dagegen, bis der Widerstand erlischt und die Selbstaufgabe den geheimen Haß erzeugt, zu sehen, wie sich auch die anderen aufgeben. Das ist die einzige Befriedigung und der einzige Sinn. Wenn alle sich aufgeben, ist es offensichtlich notwendig. Ein Gesetz.

Es ging wie von selbst, doch oft spürte er einen kleinen Schmerz der Demütigung, den er schnell unterdrückte.

Er war bis zur Bushaltestelle gegangen und hatte sich neben die Frau in den dunkelroten Volkswagen gesetzt.

Am Automaten vor dem Kaufmannsladen waren alle Fächer aufgerissen und mit Bananenschalen, Pappbechern und anderem Abfall vollgestopft. Das war schon seit Monaten so. Niemand nahm den Mist heraus und warf ihn weg.

Das Auto hielt mit dem Bremsgeräusch, das ihm auf die Nerven ging, und die Frau des Gendarmen lehnte sich nach hinten und angelte nach einem Plastiksack, in dem sich ein Damenstiefel befand.

»Ich habe einen Absatz verloren«, sagte sie.

Er wollte nicht im Auto sitzen bleiben und folgte ihr in den Hof. Vor der Schusterwerkstatt standen verfallene Stellagen mit honigfarbenen Fußmodellen aus Holz, die zur Maßanfertigung verwendet worden waren. Sie waren zum Teil gesprungen oder zerbrochen, von manchen Modellen war nur ein Stück vorhanden, und der Staub hatte sie wie Gerümpel aussehen lassen. Die Holzmodelle waren mit Frauennamen beschriftet.

Nagl schaute durch das Fenster in die Werkstatt, ein kleines Zimmer, in dem der Schuster saß. Neben ihm stand eine Petroleumlampe mit einem von buntem Dekor verzierten Schirm. Solche Lampenschirme hatte sein Großvater um die Jahrhundertwende gemacht. Er hatte Medizinfläschchen, Briefbeschwerer, Gläser und Vasen hergestellt, von denen sicher kaum mehr etwas existierte.

Als die Frau des Gendarmen zurückkam, sagte Nagl, daß er es sich überlegt habe.

»Soll ich nicht mitkommen?«, fragte die Frau.

»Nein, ich habe es mir überlegt.«

»Ich werde dich heimbringen«, sagte die Frau, während sie sich setzte und den leeren Plastiksack neben sich legte. Als er den Kopf schüttelte, fuhr sie davon.

Es war ein kalter Wintertag.

Es war der letzte Tag des Jahres.

»Immer glaube ich, daß das Leben noch vor mir liegt, als hätte ich mein bisheriges nur für eine kurze Zeit eingerichtet und das eigentliche würde ich in nicht allzu ferner Zukunft beginnen«, dachte Nagl.

»Es geschieht einfach mit mir«, dachte er weiter. »Ich lebe in den Tag hinein, ohne viele Fragen zu stellen. Zumeist kommt es mir ganz selbstverständlich vor, so daß ich nicht darüber nachdenke. Ich wehre mich weder, noch füge ich mich, ich sage mir auch nicht, daß ich keine Wahl habe.«

Vor dem Friseurladen am Ende der Dorfstraße traf er auf das Begräbnis des Tierarztes.

Die Blasmusik war vorbeigezogen, jetzt folgten Männer in Tracht und Lodenmänteln, Feuerwehr in Uniform und ein Feuerwehrwagen, der mit einem Seil den kranzgeschmückten DKW-Lieferwagen durch den lehmgelben Schnee abschleppte, weil er in der Kälte nicht angesprungen war. Da es am Vormittag geregnet hatte, trugen die Bauern eingerollte Regenschirme. In ihren Gesichtern sah Nagl die Finsternis, aus der sie kamen und in die sie zurück mußten, die Mühsal und die Einsamkeit. Ängstlich und gehorsam, bemerkte er, liefen die Kinder unter den niedrig fliegenden Wolken mit, es sah aus, als wüßten sie schon alles. Der Tod, die Einsamkeit, die Finsternis waren ihnen nicht fremd. Mit den Eltern und Großeltern durften sie nicht sprechen, sie mußten starr nach vorne schauen wie Hypnotisierte. Nur der Pfarrer und die Ministranten strömten für ihn etwas Wunderbares aus. Aus den Gesichtern der Kinder jedoch las er nur Ausgeliefertsein, Kargheit und Armut.

Er sperrte die Schule auf und setzte sich vor die Tafel in das leere Klassenzimmer. Von einer Seite konnte er die zugefrorenen Fischteiche sehen, auf denen Kinder Schlittschuh liefen. Er saß gerne in der leeren Schulklasse. Er machte das oft. Er mochte die grüne, abgewaschene Tafel, die gespitzten Kreiden, den Schwamm und das steifgetrocknete Tafeltuch. Manchmal legte er einen Stapel unkorrigierter Hefte auf eine Bank und arbeitete, bis es dunkel wurde.

Ihm war ein Ausflug, den er in das Freilichtmuseum Stübing gemacht hatte, eingefallen, wo er verschiedene Bauernhäuser, Schmieden, Rauchstubenhäuser, Mühlen, Alm- und Köhlerhütten gesehen und begangen hatte. Finsternis hatte fast überall geherrscht: In den Holzknechthütten, in den Stuben, in den Ställen, in den Arbeitsräumen. Manchmal hatte er von innen vor den kleinen Fenstern die grünen Blätter von Blumen gesehen, die man in Töpfe gepflanzt hatte und die den Eindruck erweckt hatten, sie würden das Haus mit einem leuchtenden grünen Schirm beschützen. Aber was wirklich geherrscht hatte, war Finsternis gewesen, während das wenige Licht, gefiltert durch Pflanzen, nur den falschen Eindruck erweckt hatte. In der Schmiede war es so finster gewesen, daß er, anstatt durch das Glasfenster in das Haus hineinzuschauen, sein gespiegeltes Gesicht hinter den Blumen gesehen hatte. Nicht weit vom Bienenstand hatte Nagl eine kleine Holzkapelle entdeckt. Auf einem Tisch war eine große Vase mit Sonnenblumen gestanden. An der Wand war ein Votivbild gehangen, auf dem ein Mann mit auffällig langer Nase und erhobenen Händen vor einem Bett und daneben die Frau mit dem Kind am Arm zu sehen gewesen war. Über ihnen, in einer bläulichen Rauchwolke, die den Himmel darstellte, Maria, die hier Unsere Liebe Frau von Heilbrunn geheißen hatte, mit Krone und Jesusknaben, den Blick aus einem Gemisch von Stolz, Leid und Liebe ins Nichts gerichtet, wodurch sie etwas von jener Unantastbarkeit bekommen hatte, die strenge, gerechte Märchenkönige in der Vorstellung von Kindern haben. »Zur Danksagung der augenscheinlichen Gefahr, da meine sechsjährige Tochter in einer gefährlichen Krankheit lag, durch die Fürbitt Maria wurde sie wieder gesund«, hatte er unter dem Bild gelesen. Es war dagehangen wie ein leuchtendes Dokument, ein Beweis. Er erinnerte sich daran, während er gleichzeitig an das Begräbnis dachte. »Vielleicht«, dachte er plötzlich, »war es wirklich das Gescheiteste, sich dem Leben anzuvertrauen, wie man sich dem Tod anvertraut, auch wenn die Nähe zum Leben eine Nähe zu den Schrecken des Lebens bedeutet.«

Auf einer Landkarte war die k. u. k. Monarchie gezeichnet, mit Wien als Hauptstadt. Die Flüsse waren so dünn gemalt wie Kapillaren, die Gebirge wie schmelzende Eisschollen; die Karte hing schon immer an der Wand. Nagl war sie bereits aufgefallen, als er das Klassenzimmer zum ersten Mal betreten hatte, jetzt war sie für ihn so alltäglich wie die Fotografie des Bundespräsidenten und das Kreuz über dem Katheder. Er verschloß das Klassenzimmer und die Schule und ging quer durch den Obstgarten auf den Teich zu, auf dem er die Kinder noch immer Schlittschuh laufen sah. Eines lag auf dem Bauch und haute mit einem Hockeyschläger auf das Eis.
»Weshalb haust du auf dem Eis herum?«, fragte Nagl. Das Kind lachte und fuhr davon.
Gleich darauf flog langsam und niedrig mit einem sausenden Lärm ein blauer Hubschrauber über die Schule.
Die Kinder standen dicht beisammen und schrien aufgeregt.
Dann war der Hubschrauber nur noch ein kleiner Punkt in der Ferne. Nagl sah ihm nach, bis er verschwunden war.

Immer schon hatte der Lehrer den Vesuv sehen wollen. Er hatte Bücher über den Vulkanismus gelesen, über Ausbrüche des Ätna, des Stromboli, des Fudjiyama, aber am meisten hatte er sich für den Vesuv und Pompeji interessiert. Pompeji war ihm vorgekommen wie ein Friedhof von Träumen, deren Bilder erstarrt und erkaltet waren. Wie oft hatte er daran gedacht, in Pompeji zu verschwinden oder sich in den Vesuv zu stürzen, aber plötzlich, während er noch immer in die Ferne schaute, in der der Hubschrauber sich in nichts aufgelöst hatte, dachte er, daß es soweit sei.

Im Zimmer war es aufgeräumt. Die silberne bäuerliche Taschenuhr mit dem eierschalenfarbenen Ziffernblatt und den goldenen, verzierten Zeigerchen, die er von seinem Großvater geerbt hatte, lag auf dem Tisch auf der Zeitung, wo er sie

8

in der Früh, nachdem er sie aufgezogen hatte, liegengelassen hatte. Er nahm sie in die Hand, sie war kalt, er hielt sie an sein Ohr und ließ sie ticken. Die Rückseite der Uhr war abgegriffen und von einem eingravierten Blumen- und Blattmuster verziert. Er dachte an die Bauernhäuser in Stübing, an die Zeit, die verging, an den Fudjiyama und den Vesuv. Die Frau des Gendarmen hatte er vergessen, aber plötzlich fiel ihm Anna ein, die ihm untreu gewesen war. Er sah sie vor sich: Klein, dunkel, mit großen Augen und einem Kindergesicht. Er hatte Lust, sie zu sehen und zu überreden, mit ihm zu kommen. Auf einmal war ihm egal, was geschehen war und was geschehen würde. Der Gedanke war ihm eine Erleichterung. Er fand ein Buch mit Farbfotografien von vulkanischen Erscheinungen und blätterte darin: Schwefelausblühungen vor der Eiswand des Gletschers Torfajökull in Südisland, der glühende Lavafluß aus dem Kilauea in Hawaii, Geysire im Yellowstone-Nationalpark, Lava mit blauer, glasiger Oberfläche aus Idaho, violette Aschenablagerungen auf Lipari und ein Blick in den Vesuvkrater, aus dem fahle Rauchschwaden stiegen. Er legte das Buch weg und rief Anna an. Obwohl er lange mit ihr befreundet gewesen war, war er seltsam aufgeregt. Er überlegte im ersten Augenblick, als sie sich meldete, aufzulegen, als er aber angefangen hatte zu sprechen, war er plötzlich von einer so starken Freude ergriffen, daß er sich zusammennehmen mußte, um nicht in einem fort zu lachen. Als er sagte, er wisse nicht, wie lange er fortbleiben wolle, hielt sie es für einen Scherz. Alles war selbstverständlich. Er wußte, daß sie eine Neigung dafür hatte, was sie für abenteuerlich hielt. Außerdem war sie von Natur aus leichtsinnig. Ihr Vater hatte ein Optikgeschäft, irgendwie würde er auch ohne sie zurechtkommen. Er war sich auf einmal nicht sicher, ob sie ihn ernst nahm. Glaubte sie, daß er nur spaßte? Spottete sie über ihn? Aber sie nahm ihn vollkommen ernst, und er merkte jetzt, daß sie es mit großer Heftigkeit tat. Er blickte aus dem Fenster. Auf der Straße ging der Kinobesitzer mit seinen Gummistiefeln und dem lebhaften Spitzhund. Das alles würde für ihn bald Vergangenheit sein.

Mit seinem Koffer verließ Nagl das Haus. Kaum hatte er einige Schritte auf dem Weg, der hart von niedergetretenem

Schnee war, zurückgelegt, als der Gendarm auf ihn zukam. Seine Augen waren verwaschen blau, als seien sie von der schimmernden Augenflüssigkeit aufgeweicht. Er roch nach Alkohol und machte ein gehässiges Gesicht.

»Ich meine es ernst«, sagte er.

Nagl dachte an die Frau des Gendarmen und es kam ihm lächerlich vor, schuldbewußt zu schweigen.

Im nächsten Augenblick hatte der Gendarm nach seiner Pistole gegriffen und sie gegen seine Hand gerichtet. Er hielt die Pistole in der einen Hand, starrte Nagl ins Gesicht, drückte ab und schaute daraufhin ungläubig die andere an, aus der Blut lief.

»So gehen wir doch hinauf!« fuhr er Nagl gleich darauf an.

Nagl nahm ein Taschentuch und wickelte es um die Hand des Gendarmen, bevor er ihn, den Koffer tragend, auf sein Zimmer führte. Er hielt die Hand über das Waschbecken und nahm das Taschentuch herunter. Das Blut lief in das Waschbecken und Nagl drehte das Wasser auf.

»Sie müssen zum Doktor«, sagte er.

Die Leinwandjalousien waren heruntergelassen und erfüllten das Badezimmer mit gelbem Licht.

Das war also der letzte Tag des Jahres: Ein flüchtiges Wiedersehen mit der Frau des Gendarmen, der Leichenzug, das leere Klassenzimmer, eine Erinnerung, der Hubschrauber, ein plötzlicher Entschluß, Anna, ein Koffer mit gebügelter Wäsche und ein verrückt gewordener Gendarm, der sich aus Eifersucht in die Hand schoß. Er sah den Vesuv in weiter Ferne entschwinden. Anna würde im Zug sitzen und allein fahren. Es war grotesk. Anna würde die Wandgemälde in Pompeji betrachten, auf den Vesuv steigen, das Meer sehen, während er sich mit dem Gendarmen herumschlug.

»Sie sehen, ich mache Ernst«, sagte der Gendarm.

»Ja«, antwortete der Lehrer. Er nahm seinen Koffer und ging hinaus.

Es wurde Abend.

Die Wolken flogen tief und schnell, und als Nagl aufschaute, kam es ihm vor, als blicke er in ein gewaltiges Meer über seinem Kopf, das über die Erde strömte.

2

Die Erde war für ihn jetzt eine vereinsamte, saphirblau und weiß gemaserte Kugel in der Schwärze des Universums, ein winziger Körper, der im Nichts schwebte – wie er sie auf farbigen Fotografien gesehen hatte. Dieses Bild von der Erde hatte er im täglichen Leben nicht. Da war die Erde das Schulgebäude, die Fischteiche, eine Himmelsstimmung, die er sich in ein Notizbuch schrieb, Kindergesichter, sie war Geruch von Bodenöl, schwebender Löwenzahn, die Kinderzeichnungen an den Wänden, die Frau des Gendarmen – nein, sie bestand nicht einmal daraus, sondern nur aus Selbstverständlichkeiten. Das Gewöhnlichste und Normalste, das Alltäglichste, das sich tausendfach wiederholte, so daß er es gar nicht mehr wahrnahm, war die Erde. Von weitem war sie das, was ihm wie seine Vorstellung vom Leben vorkam: Etwas Wunderbares, Geheimnisvolles. Aber je näher er an dieses Leben herankam, desto mehr löste es sich auf in Einzelheiten, in Kleines, in der Wiederholung. Das Leben war ein Dahinleben, so wie die Erde nichts Besonderes war im Universum, eine Belanglosigkeit. Er fuhr in der Eisenbahn und bemerkte, daß er über die Erde dachte, wie über ein fremdes Gestirn, dem man aus der Unendlichkeit des Raumes nicht ansehen konnte, daß Menschen es bewohnten, als lebte er selbst nicht auf ihm, sondern außerhalb. Er hatte das Gefühl, als sei er aus der Erde gefallen. Es war ein ozeanisches Gefühl voller Einsamkeit. Vielleicht war seine innere Bewegung etwas, wofür er sich schämen mußte, etwas, was er sich leistete. Für seinen Großvater war das Überleben der Sinn seines Daseins gewesen, während für ihn der Sinn eine Frage des Überlebens wurde. Von weitem, im tiefschwarzen Meer, sah er die blaue Erdkugel, die seinen Alltag mit sich trug. Es war ihm, als hätte er nichts mehr damit zu tun. Der Gendarm saß vielleicht mit blutender Hand in seinem Badezimmer. Da war kein Unterschied zwischen dem Gendarmen und ihm. Nur Zufälle trennten sie.

Der Zug hielt vor einem Bahnhof mit schmiedeeisernen Säulen auf dem Perron und dem Stationsgebäude, das im Sommer von wildem Wein bewachsen war. Unter der Uhr mit den verschnörkelten Ziffern stand der Bahnhofsvorstand mit der roten Kappe und pfiff den Zug ab. Es war still, nur die Pendeltür zum Warteraum machte ein Geräusch, als ein Reisender, der neugierig herausgetreten war, wieder im Warteraum verschwand. Was er sah, war der Alltag, in dem es nur das Naheliegendste und kleine Ansprüche gab. »Aber das war ja das Falsche«, dachte er, »daß ich im Alltag nie über das Naheliegendste hinausgekommen bin.« Der Alltag war, daß er dauernd dabeigewesen war, seine Gedanken und politischen Ansichten zu unterdrücken, nur weil es notwendig gewesen war, dies für den Direktor oder den Schulinspektor zu tun, daß er den Kindern ein Leben mit Werten beizubringen hatte, obwohl er wußte, daß ein Leben mit Werten etwas Radikales, daß es ein Leben mit der Wahrheit sein mußte. Er spürte eine Lust am Widerstand. Der Gedanke aufzubegehren ließ ihn sich plötzlich stark fühlen. Er wußte, daß dieses Gefühl vergehen würde, und wollte inzwischen an etwas anderes denken, um es lange in sich zu fühlen. Langsam setzte sich der Zug in Bewegung. Nagl stand auf und sah die wie unbewohnt daliegenden Bauernhäuser mit zugezogenen Vorhängen und ein weites Schneefeld, auf dem ein Mann mit einem Feldstecher eine Schar Krähen beobachtete, die aufgeflogen war, als die Eisenbahn sich genähert hatte. Nagl wollte die Landschaft nicht mehr sehen, weil sie ihn daran erinnerte, worüber er immer hinweggegangen war. Er schaute die Fensterscheibe an, sah aber sich selbst darin gespiegelt, durchsichtig und schemenhaft, daß es ihm vorkam, sein Ich vor sich zu haben, das er bisher gelebt hatte. Die Landschaft fuhr durch ihn hindurch, kahle Bäume, die Hochspannungsmasten, vereinzelte Heustadel, ein Fluß. Draußen, die Welt war ausgestorben, es gab den Mythos der Arbeit nicht mehr, der Arbeit, die voller Zwänge war, die ihn im Grunde immer erniedrigt hatte, die nichts mit seinen Wünschen, seinen Gedanken, seiner Phantasie und seinen Träumen zu tun hatte. Mit Verwunderung stellte er fest, daß seine einzige Hoffnung das Alter, die einzige Erlösung der Gedanke an die Pensionierung gewesen war, wenn er sich nicht mehr Monat für Monat von einer drohenden Verschuldung freikaufen mußte für die einfachsten Lebensnotwendigkeiten: Ein Dach über dem Kopf, Essen und eigene Gedanken. Er setzte sich zurück und empfand es plötzlich als einen großen Trost, aus der Erde gefallen zu sein. Er war nicht mehr ein Opfer von Opfern. Er sah den Gendarmen im Badezimmer vor sich, wie das Blut aus seiner Hand lief. Es war ihm, als hätte sich der Gendarm auf jeden Fall in die Hand geschossen. Dann dachte er an die niedrig fliegenden Wolkenströme, an die Kinder, die beim Begräbnis unter ihnen hergelaufen waren, dann sah er wieder die Weltkugel von außen, bedeckt von weißen Wolkenwirbeln, ein blauleuchtender Planet von so großer Schönheit, als verkörpere er in der Todesstille des Weltraumes den Sinn und das Überleben zugleich.

3

»Ich habe mich gefragt, weshalb ich so kopflos mit dir fahre, und ich frage mich, weshalb mir alles so selbstverständlich vorkommt«, sagte Anna.
Ihr Blick fiel auf den Speisewagenkellner, der in seiner weißen Jacke wie ein erschrockener Vogel aufschaute, wenn ein Glas klirrte, als würden mit dem Klirren eines Glases Bestellungen angekündigt. Sie saß Nagl gegenüber und sah jung und neugierig aus. Nagl hatte ihr zuerst von der Weltkugel erzählen wollen, aber dann geschwiegen.
»Ich hatte es dir immer schon sagen wollen, aber ich hatte Angst, dich zu verlieren. Aus dieser Angst habe ich es wieder getan. Auf einmal hast du mich danach gefragt und nicht mehr lockergelassen«, sagte sie nach einer Pause.
»Ich habe gespürt, daß du mich angelogen hast. Ich wollte nicht mehr belogen werden. Aber gleichzeitig wollte ich, daß ich mich getäuscht hätte.« Er entblößte sich, um sich zu befreien. Er hatte nicht mehr den Wunsch, ihr überlegen vorzukommen, wie immer, wenn er mit einer Frau zu tun gehabt hatte, obwohl es ihn immer wieder überrascht hatte, daß er überlegen wirken konnte. »Ich glaube, es war eher ein Verlangen zu erfahren, daß alles nicht wahr war, daß ich mich täuschte«, setzte er fort. »Aber es war auch ein hartnäckiger Drang, alles von dir zu erfahren, den ich inzwischen verloren habe.«
»Du hast ganz sicher gewirkt, als ob du etwas wüßtest«, sagte Anna erstaunt.

Die Gläser und die Weinflasche stießen klirrend aneinander. »Das einzige, woran ich mich gehalten habe, war, wie du geantwortet hast. Wie du zuerst meine Fragen abtun wolltest, wie du dich mit gespieltem Leichtsinn der Wahrheit genähert hast, als sei in Wirklichkeit nichts geschehen. Dann wurden deine Sätze immer vorsichtiger und einfältiger, bis du nur noch nein gesagt und zur Decke geschaut hast. Dabei hast du ein beleidigtes Gesicht gemacht, um mich einzuschüchtern. Du hast dich auch nicht mehr bewegt, weil dich die Bewegungen schon verraten hätten. Du warst so weit, daß du dich mit allem verraten hättest: Mit jedem Vorwurf, jedem Gekränktsein über mein Mißtrauen, mit jeder Barschheit, mit der du mir die Lächerlichkeit meiner Vorwürfe zeigen wolltest. Auf einmal wußte ich, daß mein Verdacht stimmte. Es tat mir so weh, daß ich mir wünschte, du könntest mich überzeugen, daß ich mir alles nur einbildete. Aber andererseits war etwas in mir, das es nicht ertrug, belogen zu werden. Dabei fing ich an, dich zu begehren. Gerade diese Verletzung hatte mich seltsamerweise so erregt, daß ich unbedingt mit dir schlafen wollte. Ich wollte dir das nie sagen.«

Der Speisewagen mit den weißen Tischtüchern, den zusammengefalteten Servietten, den weißen Polstersitzen, den Vorhängen vor dem Fenster und das entschlossene Fahren des Zuges vermittelten ihm eine angenehme Ruhe.

Anna hatte die Handtasche auf den Tisch gestellt und sie aufgeklappt. Sie holte eine Puderdose aus Schildpatt heraus, betupfte ihre Nasenspitze und warf einen raschen Blick aus den Augenwinkeln auf Nagl. Nagl lehnte sich zurück, nahm das Glas in die Hand und trank einen Schluck, während er genügend Zeit vergehen ließ, um über etwas anderes sprechen zu können. Er fragte sie nach Männern aus, die sie inzwischen kennengelernt hatte, sie log ihn an, er spürte es, wollte jedoch nicht daran rühren, wollte gar nichts wissen.

Anna blickte aus dem Fenster und sagte nichts. Durch irgend etwas hatte er sie verletzt, aber er war nicht besorgt darüber. Sie saß im Speisewagen und konnte nicht weggehen. Er gönnte ihr ihre Verletzung. Auch er war verletzt gewesen. Gerade das Oberflächliche an ihren Bekanntschaften war das Verletzende gewesen. Ihm wäre lieber gewesen, sie hätte sich in jemanden verliebt und ihn verlassen, als daß sie ihn heimlich betrogen hatte.

Auf dieser weit entfernten, blauweißen Weltkugel, die sich mit großer Geschwindigkeit um ihre eigene Achse bewegte und durch das All flog, hatte er das einmal sehr wichtig genommen. Sein Leid kam ihm bei diesem Gedanken klein vor. Aber es war nicht klein gewesen. Es war so groß gewesen, daß er lange nicht aus sich selbst hatte herausfinden können. Anna blickte noch immer aus dem Fenster. Damals, als er erfahren hatte, daß sie neben ihm Zufallsbekanntschaften hatte, hatte er zum ersten Mal seine Auswechselbarkeit gespürt. Es war etwas Neues gewesen zu erfahren, daß andere sofort seine Stelle einnehmen konnten. Und dann, ein paar Wochen später, als er krank gewesen war, war ein Lehrer aus einem benachbarten Ort an seine Stelle getreten, den der Direktor und die Kinder sehr gemocht hatten. Als Nagl wieder zurückgekommen war, hatte er sich eingestehen müssen, daß er bald vergessen gewesen war. Was hatte der andere gehabt, das ihm fehlte? . . .

Im Speisewagen saß ein junger Österreicher mit Drahtbrille und Windjacke, der still in einem Buch las, und ein froschäugiger Italiener, der ihn anstarrte, so daß Nagl auch ihn anstarrte, bis er sich wegdrehte. Als er Annas Hand nahm, lachte er auf und schaute Nagl ohne Scham in die Augen. Er trug einen schwarzen Anzug, ein weißes Hemd, eine dunkle Krawatte, und sein Haar war streng nach rückwärts gebürstet. Auch als Nagl ihm einen wütenden Blick zuwarf, ließ er sich nicht einschüchtern, sondern schaute ihn weiterhin an. Gleich darauf stand er auf, blieb vor Nagl stehen und sagte: »Ich habe sie nur angesehen.« Er stand da, wie der Gendarm mit der blutenden Hand dagestanden war, schwankte und ging dann den langen Gang im Speisewagen zwischen den Tischen hinunter, ohne sich umzudrehen. Draußen schien es nur Schwärze zu geben, und Nagl fiel ein, was er über das Ende der Welt gelesen hatte. Das Weltmeer würde zufrieren, bis es bis auf den Grund erstarrte und schließlich verdunstete. Der letzte Rest von Leben würde verschwinden und einfallender meteorischer Staub die ganze Erdoberfläche infolge des Sauerstoffs mit einem ziegelroten Mantel überziehen. Wenn der Sauerstoff aufgebraucht sein würde, würde der

Meteorstaub seine grüne Farbe behalten und sie dem Leichentuch der Erde geben. Er hatte das vor vielen Jahren gelesen und fragte sich, warum es ihm gerade jetzt einfiel.

Der Weg zum Schlafwagen war ein Türenaufreißen und -zuwerfen, ein Tappen durch lange Schlünde im dröhnenden Zuglärm. Anna hatte ihm die Hose ausgezogen, sich neben ihn gehockt und sein Glied gestreichelt, aber Nagl war so betrunken gewesen, daß er eingeschlafen war. Mitten in der Nacht war er erwacht, weil er das Gefühl hatte, jemand sei in seinem Abteil. Das Rollo war geschlossen, so daß nur wenig Licht in das Abteil fiel. Zu seinem Schrecken sah Nagl tatsächlich einen Mann, der sich zu Füßen seines Bettes befand. Er stand aufrecht da und durchsuchte seine Jacke. Nagl wußte zuerst nicht, was er tun sollte. Der Zug dröhnte, und der Mann ließ sich Zeit. Plötzlich hielt er inne und schaute auf Nagl hin. Er schaute ihn ein paar Sekunden lang an, dann verließ er das Abteil. Da Nagl gesehen hatte, daß auf dem Gang Licht brannte, sprang er auf und riß die Tür zum Gang auf. Der Gang war leer. Nagl hatte aber die Tür so heftig aufgerissen, daß der Schlafwagenschaffner in seinem gläsernen Kämmerchen aus dem Schlaf aufschreckte und Nagl verwirrt fragte, was los sei. Nagl antwortete: »Nichts«, und ging zurück in sein Abteil. Er schloß die Tür hinter sich ab und wartete auf den Tag.

Als er um sechs Uhr die Augen aufschlug, sah er die leuchtend roten Silhouetten von Pinien am Horizont vorüberhuschen.

4

Der Horizont war gelb und ging in eine schiefergraue Wolkenbank über. Am Himmel stand noch der Mond. Gleich darauf tauchte der Zug in Nebel, der alles mit einem blauen Schleier überzog: Weingärten und entlaubte Obstbäume, Häuser. Er schaute aus dem Fenster und fühlte sich wohl. Daß der Mann in der Nacht in sein Abteil gekommen war, erschien ihm jetzt unwirklich. Vielleicht hatte er nur geträumt? Oder vielleicht hatte sich der Mann im Abteil geirrt?... Aber daß er seinen Rock durchsucht hatte? Noch in der Nacht hatte Nagl nachgesehen, jedoch nichts hatte gefehlt, weder das Geld, noch sein Paß. Der Nebel war wieder verschwunden, und die Erde leuchtete rot. Er erinnerte sich daran, daß er in der Nacht betrunken gewesen war. Anna hatte im Speisewagen geweint. Sie hatten wirr vom Alkohol geredet, in sehnsüchtigen Mißverständnissen. In einem Kästchen, neben seinem Kopf, fand er eine Flasche mit Wasser und Gläser und er trank durstig die halbe Flasche aus. Wie schön ihm die Landschaft, die er jetzt noch im Bett liegend vor dem Fenster sah, vorkam. Er lag ganz ruhig da und schaute.

Sie erreichten den Zug nach Neapel im Laufschritt. Außer Atem stopften sie die Koffer in das Zugabteil und Nagl empfand ein Glücksgefühl, als er die fremde Sprache hörte, die er nicht verstand. Anna war über die Leiter zu ihm gekommen und hatte sich nackt neben ihn gelegt. Er hatte ihr von dem Unbekannten erzählt, der in der Nacht in ihr Abteil gekommen war. Plötzlich hatte er den Verdacht gehabt, daß er etwas mit seinem Tod zu tun gehabt hatte. Der Zug hatte gedröhnt. Es war dunkel gewesen. In einer verborgenen, vom Schlaf verwischten Erinnerung war das Begräbnis des Tierarztes und der Anblick des Gendarmen aufgetaucht, dessen Hand in das Waschbecken geblutet hatte, seine Vorstellung von der Erde im Weltraum und vom Ende der Erde. Der Mann hatte in der Dunkelheit gestanden und ihn angesehen. Er hatte ihn geduldig und genau betrachtet, dann war er ohne Eile aus dem Abteil gegangen und eine Sekunde später verschwunden. Je mehr er darüber nachdachte, desto wahrscheinlicher kam ihm seine Erklärung vor: Der Tod hatte ihn schon geraume Zeit begleitet, und jetzt erst bemerkte er, daß er ihm die Verwirrung nahm, die ihn bedrängte. Er hatte sich ihm gezeigt, nicht um ihn zu erschrecken, sondern um ihn zu trösten und Ruhe finden zu lassen. Das Laufen zum abfahrenden Zug nach Neapel, das Gedränge am Gang, die fremde Sprache und Annas glückliches Gesicht waren ihm zum ersten Mal wie etwas vorgekommen, das frei war von Schuld.

Die Sonne schien hell auf Olivenhaine, Kanäle, in denen Nagl verschlungene Grünpflanzen unter der Wasseroberfläche sehen konnte, Windräder, die sich auf hohen Holzgerüsten drehten, grüne Kakteen und Bäume, an denen gelbe Orangen und rosa Knospen zwischen den Blättern leuchteten. Der Gedanke an die Vergänglichkeit ließ ihn das Wachsen, Grünen und Blühen noch deutlicher sehen und staunen, daß es Winter war. Anna saß neben ihm auf einem Koffer und sah einer häkelnden Nonne durch die Abteiltür zu. Sie saß neben ihm, schwieg und drückte ab und zu seine Hand, wie um sich zu vergewissern, daß er hier war. Dann, plötzlich tauchte blendendhell und in der Ferne von einem zarten Lichtschimmer bedeckt das Meer auf. Es zeigte sich ihm prachtvoll, weit und groß. Kleine Schiffe schienen auf ihm zu stehen, es ließ es geschehen, gleichmütig und gutmütig. Nagl konnte seinen Blick nicht abwenden. Der Tod war in der Dunkelheit, in der Beengung in sein Abteil gekommen, während das Meer im Licht dalag, einladend und schön, weit und unzerstörbar. Ein Wasserflugzeug flog über das Meer, ließ sich weißschäumend auf ihm nieder, neben Bojen, die aussahen wie winzige Blutströpfchen.

Dann stieg der Zug an, einen steinigen Berg hinauf, vorbei an einem rosafarbenen Bahnhof, vor dem Palmen standen und Eisenbahnwaggons gefüllt mit Orangen, die Nagl durch Drahtgitter sehen konnte. Das Meer lag jetzt unter ihnen, die Sonne glitzerte und flimmerte auf ihm, und Nagl war, als könnte er hinter dem weiten Meer die Erdkrümmung erkennen, als könnte er sehen, daß die Erde eine Kugel war. Er wußte nun auch, worüber er mit dem Gendarmen hatte sprechen wollen, die ganze Zeit über vom Augenblick an, als er sich in die Hand geschossen hatte, bis er das Haus verlassen hatte: Es war die Bewegung, die er beim ersten Anblick des Meeres verspürt hatte. Und jetzt, während sich der Zug wieder in das Landesinnere bewegte, schien es ihm, als hätte ein längerer Anblick der Erscheinung das Wunderbare genommen. Zum ersten Mal hatte er das Meer gesehen. Immer war er nur in die Stadt zu seinen Eltern gefahren oder in das kleine Winzerhäuschen, das umgeben war von hohem Gras, Obstbäumen, Margeriten und Steinnelken und in dem er Anna geliebt hatte. Die Begegnung mit dem Tod änderte nichts an seinem Glücksgefühl. Es war ihm, als sei er ein Nachbar, dessen Arm er als Druck an seinem Arm spürte, von dem er jedoch nichts wußte.

5

Vor dem Bahnhof von Neapel wartete eine Schar von Taxi-
fahrern, Trägern, Arbeitslosen und Pensionisten, die sie um-
ringte. Als Anna das Hotel »De la Gare« verlangte, stellte sich
ihnen ein faltiger Herr mit Brille, Mantel und Hut in den Weg
und erklärte, daß das Hotel »bankrott« sei. Im nächsten Augenblick erschien ein Mann im Kamelhaarmantel mit einer
Samtkappe, drückte Nagl eine Visitenkarte in die Hand und
nahm die Koffer. Er stürmte auf die breite, von dichtem
Verkehr befahrene Straße. Autos hupten und die Straße lag in
grellem Licht. Nagl lief hinter dem Mann her, der sich zwischen Autos hindurchwand und von dem er oft nur die
schwarze Samtkappe sah. Er hielt die Visitenkarte in der
Hand, ohne daß er Zeit fand, sie anzusehen. Der Mann bog in
eine Nebenstraße ab. Als Nagl den Kopf hob, sah er Topf-
pflanzen auf Eisenbalkonen, Wäsche, die aus Fenstern hing,
ockerfarbene Häuser mit abgebröckeltem Verputz und wahl-
los aufgeklebte Plakate. Auf einem Pappschild, das Blasen
geworfen hatte, stand »Laboratorio Dentistico«, darunter
war ein großes künstliches Gebiß gezeichnet. Der Mann
wechselte die Straßenseite und verschwand in einem verwaschenen blauen Haus. Nagl zögerte keine Sekunde, lief über
die Straße und riß die Türe auf. Er hörte die Schritte des
Mannes im Stiegenhaus und folgte ihnen. Zunächst stand er
vor einer Tür, durch deren Briefschlitz er ein Stück Hinterhof
sah, dann lief er den Treppenflur hoch und befand sich vor
einem traurigen Hotelfoyer. Auf der Glastür war die Inschrift
»Hotel Principe« nur noch in Fragmenten von goldenen
Buchstaben zu lesen. Nagl läutete und sofort erschien der
Portier mit dem Mann und zeigte ihm drei Zimmer, die er
ihm zur Auswahl anbot.
Nagl nahm das hellste Zimmer, mit Blick auf die Straße. Es
war unsagbar schmutzig, wie die anderen auch, doch Nagl
hatte nicht gewagt, die Koffer zurückzuverlangen. Zwischen
den schmutzigen weißen Gardinen hing eine Schnur mit
einem Messingknopf, der im Sonnenlicht leuchtete. Die
Wände waren einförmig tapeziert, der Bettüberwurf hatte
Brandlöcher, der zerrissene Teppich war staubig. An der
Wand hing eine Fotografie des Vesuv hinter der Bucht von

Neapel, ein mächtiger Schatten, aus dem Flammenwolken stiegen, als sollte die Erde in eine Feuerkugel verwandelt werden.

6

Als Anna sich geduscht hatte, hatte Nagl einen Vorhang geöffnet und sie im Spiegel gesehen, mit von Kälte wegstehenden Warzen auf der weißen, mädchenhaften Brust, dem weichen, dunklen Schamdreieck und den lackierten Zehennägeln. Er war auf einmal so erregt, daß er sie auf das Bidet drückte. Ihr Körper war kalt, aber ihr Mund war warm. Zum ersten Mal, seit er sie wiedergesehen hatte, küßte er sie und dachte dabei an die Männer, mit denen sie geschlafen hatte. Aus den Augenwinkeln sah er ihre nackten, gespreizten Schenkel, er öffnete seine Hose und nahm seinen Schwanz heraus. Sie war naß und heiß und eng, er spürte ihre Hand, ihre glatte, kleine Vogelzunge, die über sein Gesicht und in seinem Mund leckte, und er hörte ihr hohes, lautes Stöhnen, das ihn immer verrückt gemacht hatte, aber ihm fiel ein, daß sie auch bei anderen Männern gestöhnt hatte, und er war erregt und zugleich verletzt. Dann hörte er, wie die Tür geöffnet wurde und jemand die Koffer zu Boden stellte. Sie hielten an und lauschten und unterdrückten ihren heftigen Atem. Auch der andere schien zu lauschen, denn man hörte nur den Lärm der Autos von der Straße. Wütend zog Nagl seine Hose hinauf und riß einen Vorhang zur Seite. In einer schmierigen, schwarzgrünen Livree stand ein Hausdiener im Zimmer und lachte mit einem Mund, dem ein paar Zähne abhanden gekommen waren. Nagls Stimme war von der Umarmung und vom Flüstern heiser. Natürlich wußte der Hausdiener, was vorgefallen war. Schließlich war Nagl angezogen aus dem Duschraum gekommen, während Anna sich in ihm versteckt hielt. Der Hausdiener lächelte wieder, bevor er aus dem Zimmer verschwand. Nagl ging zurück hinter den Plastikvorhang, mit unwilligem Gesicht wegen der Unterbrechung, aber Anna drängte sich ihm flüsternd und seufzend entgegen, so daß er sie aufhob und auf das Bett legte. Er begann von der Frau des Gendarmen zu erzählen, wie sie nackt vor ihm auf dem Bett gekniet war und er sie geliebt hatte, bis Anna stöhnte, Flecken im Gesicht, während sie ihn eng an sich preßte.

Die Piazza Garibaldi lag im Sonnenschein. Nagl hatte sich entschlossen, zum Hafen zu gehen, vorher auf der Piazza Garibaldi Geld gewechselt und dann, ohne danach Ausschau gehalten zu haben, in der Ferne den Vesuv gesehen.
Währenddessen hatte Anna eine Tierhandlung betreten und sich vor einen Käfig gehockt, aus dem ein kleiner Hund zwischen den Stäben schnupperte. Nagl wartete auf sie, stöberte mit der Hand in seiner Rocktasche und fand dabei die Visitenkarte. »Hotel Principe« stand auf der Visitenkarte. Via Firence 16 und die Telefonnummer. Nagl steckte sie ein und schaute zum Vesuv, dessen Gipfel von Wolken bedeckt war.

Je näher sie zum Hafen kamen, desto enger wurden die Gassen. Orangen und Zitronen auf Karren und in Obstkisten gingen über in Kisten praller roter Paprikas, Gurken und Zucchini. Gemüsehändler mit Mützen und Schürzen trugen Kisten von Lauch, Radieschen, Kohl, Fenchel, Birnen und Äpfel an ihnen vorbei, es roch nach Fisch und Fleisch, Obst, Zwiebeln und Käse. Vor ihnen saß eine fette Frau, die auf einem Tischchen eine Stange Marlboro zum Kauf anbot, hinter ihr drehte eine magere Alte ihre Haare in Lockenwickler. Anna betastete die Früchte und das Gemüse. Es war ein Betasten und Zurschaustellen von Eingeweiden, Berge von Karfiol, Tomaten und Salatköpfen, wie grünweißes Bauchfell, Herzen und Gehirne von Lebewesen, und je länger Nagl die Gassen hinunterging, desto mehr kam es ihm vor, als ginge er durch Bäuche von geschlachteten Riesentieren, deren Innereien traubenförmig zu Boden hingen, seltsame Organe wie Artischocken und Karotten, die noch Sauerstoff und Blut enthielten, Melonen, die riesige, erblindete Augen waren. Elegisch und leidend blickende Witwen saßen vor den Eingeweiden fremder Wesen, warfen den Vorbeigehenden mitleiderregende Blicke zu oder verpackten auf der wippenden Fläche der runden Waagen Früchte in Papiersäcke. Nagl sah die in den Wänden eingelassenen Marienschreine, die von Neonleuchten umrahmt oder von Glühbirnen wie von einem

Lichterkranz umgeben waren, Maria mit dem Jesusknaben, davor standen vertrocknete Nelken in häßlichen Glasvasen auf schmutzigem Gehäkelten. Die Darstellungen ähnelten den Bildern, die Nagl als Kind zur Belohnung nach der Beichte vom Pfarrer bekommen hatte. Auch Stübing fiel ihm ein, die kleine Kapelle, die dunklen Bauernhäuser. Die Religion schien ihm ein kunstvolles Gebilde aus den Händen des Todes, und sie schien nur den Tod zu verkünden. Inmitten dieses Gemetzels von Innereien der Erde reihten sich die Heiligenschreine aneinander, wie um das Leiden, den Schmerz, das Vergängliche aufmerksam zu machen. Er dachte an Anna, wie sie ihn nackt auf dem Bett umarmt hatte, ihre weiße Haut, an das Leben, das sie geben konnte, an eine durchsichtige Fruchtblase, in der ein Embryomensch sich bewegte. Embryomenschen gingen herum, waren alt, saßen auf Sesseln neben Kartons voller wunderbar großer Eier, fossilierten Fruchtblasen, neben Käfigen mit dicht aneinandergedrängten braunen Hühnern, Ställen mit gefleckten und weißen Hasen, über denen in Glaskästen geschlachtete und abgezogene Kadaver ausgestellt waren. In blauen Blechgefäßen krabbelten Langusten durch Wasser, in das mit durchsichtigen Nylonschläuchen Luft gepumpt wurde, auf Tischen waren tote Fische – Sardinen, Aale, Schollen, Makrelen, Polypen mit goldenen Augen, Rochen – und andere ausgebreitet, die er noch nie gesehen hatte, mit bizarren Köpfen, Stacheln, und großen Mäulern, rote und gesprenkelte zwischen grauen, toten Tintenfischen, die wie Gedärme aussahen. In einer Schüssel lagen große silberne Fische und glitzerten und blinkten in der Sonne. Die Geschäfte dahinter waren blau und ohne Türen, und die Männer trugen Gummischürzen und sahen aus wie Mörder. Andere Läden verkauften Hundeleinen und Badeschwämme, die in langen, dichten Bündeln vor den Eingängen hingen. Hinter einem schmutzigen Fenster sah Nagl ein trauriges Vogelgeschäft mit Eisenkäfigen, in denen Kanarienvögel, Ringeltauben und Wellensittiche hockten. Aus dem Geschäft gurrte und zwitscherte es, daß Nagl stehenblieb und zuhörte. Mitten im Tod, im Chaos sangen diese Vögel. Sie sangen mit verschwenderischer Pracht, trillerten, zirpten, pfiffen und wisperten, während Menschenströme an ihnen vorüberzogen und sie nicht beachteten. Kinder umringten Nagl, zupften an ihm, zerrten an seiner Hose und liefen davon und Anna schaute mit großen Augen durch die Scheibe, als verkündeten die Vögel etwas, worauf sie immer gewartet hatte. Nagl hörte zu: Es war etwas Reines, und gleichzeitig war es eine Erinnerung an erstes Morgenlicht, an in Krankheit durchwachte Nächte, an späte Heimkehr nach langen Umarmungen, an Vormittage im Liegestuhl vor dem Winzerhaus, wo er den Vögeln zugesehen hatte, wie sie unter den dichten Blättern der Obstbäume verschwunden waren und dort gesungen hatten. Ein Lieferwagen kam mit langen Blöcken von Eis, ein Bursche entlud sie mit einer Eisenhacke, der Mann in der Gummischürze zerhackte sie in Stücke und schüttete sie über die Haie, Scampi, Sprotten und das andere Getier, das nicht mehr lebte oder gerade starb. Inzwischen sangen die Vögel selbstvergessen vor sich hin. Es war Nagl, als wollte die Natur die Menschen für ihre Grausamkeit trösten. Neben einer Kiste mit Äpfeln, Ananas, Mandarinen, weißen Champignons und Kastanien sah er einen Limonadenstand, von dem prallgefüllte Netze mit Zitronen und Orangen hingen, so daß der Verkäufer nur durch eine kleine Öffnung zu erkennen war. Nagl stieß gegen leere Limonadenflaschen, als er sich Zitronen und Orangen in ein Glas pressen ließ. Er trank und spürte, wie es kühl durch seine Adern lief bis in die Fingerspitzen. Vor einem Holzgestell mit großen grünen Blättern, auf denen aufgeschnittene Kalbsköpfe mit überdrehten Augen, Lungen und Mägen lagen, stand eine junge Frau und übergoß das Fleisch mit Wasser. Anna blieb vor einem Blumenstand stehen, kaufte einen Strauß, der in Cellophanpapier eingewickelt war, und sah damit aus wie ein kleines Mädchen. Einer der dreirädrigen kleinen Lieferwagen verstellte Nagl die Sicht, dann sah er Anna wieder vor den Fischen, die Preisschilder lesen, die auf langen Stangen in den Tischen steckten.

7

Er wollte das Meer sehen und den Vesuv, der von den Häusern verdeckt war, aber Anna überredete ihn, im nächsten Hotel ein Zimmer zu nehmen. Kaum hatte Nagl die Tür hinter sich geschlossen, als Anna sich vor ihn kniete und seine Hose öffnete. Er knöpfte ihre Bluse auf, holte ihre Brüste heraus, griff zwischen ihre Beine, befingerte die Schamlippen und ihren Kitzler und schob sein Glied in sie. Während sie sich liebten, legte er sich auf das Bett und sah zu, wie sein Schwanz in ihr verschwand und wieder herauskam. »Mach es langsamer«, flüsterte er. Sie war außer Atem, und er ließ sie sich umdrehen und steckte seinen Schwanz in ihren Hintern. Er preßte sie an sich, sie schrie, weinte, verstummte aber plötzlich und begann zu keuchen. Dann lagen sie stumm nebeneinander. Er erinnerte sich wieder an alles, was mit ihnen gewesen war, an sein Gefühl der Scham und Verzweiflung, seine Einsamkeit und das mächtige Gefühl der Sinnlosigkeit, das ihn begleitet hatte. Er hatte vorher nicht viel nachgedacht. Der Sinn war, daß ihn nichts aus der Bahn geworfen hatte. Oft war er an Abenden wach gelegen, hatte an Annas Umarmungen gedacht und sie begehrt. Auch als er die Frau des Gendarmen geliebt hatte, hatte er an sie gedacht. Auf dem Boden lagen die Kleidungsstücke und der Blumenstrauß in Cellophanpapier, und er spürte jetzt Annas Zunge, die ihm zärtlich den Nacken leckte.

8

Vor dem Hotel saß ein Alter auf einem Sessel und blies Luft von einer Wange in die andere. Er blickte zu einem aluminiumfarbenen Zeppelin auf, der über den Häusern der Stadt schwebte. Als Kind hatte Nagl mit seinem Großvater einen Zeppelin gesehen. Der Großvater hatte ihn bis zu einer Absperrung geführt, hinter der der Zeppelin geruht hatte, wie ein narkotisiertes Ungeheuer. Taue hatten ihn an den Boden gefesselt, und wenn ein Windstoß kam, hatte er ruckartig geschaukelt, als wollte er sich losreißen. Als sie dann in einem Wirtshaus unter einem Kastanienbaum gesessen waren, hatte ihm sein Großvater zum ersten Mal erzählt, daß er zur See gefahren war, als Heizer. Er war ein kleiner untersetzter Mann gewesen mit einem steifen Hüftgelenk, weshalb er immer einen Spazierstock getragen hatte. Seine Haare hatte er nach rückwärts frisiert, über der Oberlippe hatte er einen gestutzten englischen Bart getragen. Er hatte von Ländern und Städten erzählt, von denen Nagl noch nie etwas gehört hatte: Algier, Kristiania, La Valetta, Palermo, und zu jeder dieser Städte hatte er Geschichten gewußt, die Nagl wunderbar vorkamen und ihn verwirrten. Sie waren in Graz in das Panoptikum gegangen, einen dunklen Raum mit Hockern vor schwarzen Holzwänden. In die Holzwände waren Sehlöcher eingelassen wie Operngucker, und Nagl hatte die bunten, ruckartig vorbeifahrenden Bilder mit großem Staunen gesehen. Sein Großvater saß neben ihm, und sobald eine Stadt auftauchte, die er kannte, erinnerte er ihn an eine Geschichte, die er ihm erzählt hatte. Die farbigen Bilder mit plastischer Tiefe hatte Nagl im Kopf behalten, beim Lesen an sie gedacht, an manche erinnerte er sich jetzt noch. Er blieb stehen und zeigte Anna den Zeppelin. Er kam ihm vor wie eine Botschaft aus einer Welt, in der es andere Gesetze gab, und dieser Zeppelin sagte, daß alles auf eine verschlungene Weise miteinander verbunden war.

Ein Junge trug Kisten mit gelben und roten Tulpen und roten und blauen Anemonen vorbei. Auf dem Gehsteig neben einer Ziegelwand lag eine tote Ratte mit schlaffem, langem Schwanz und spitzen Zähnen. Sie waren an der Hafenmauer angelangt, standen vor einem Eisentor, dahinter lag ein mächtiges Gebäude. Über das Dach des Gebäudes ragte der weiße Schornstein eines Schiffes. Durch keine Lücke aber konnte Nagl das Meer sehen.

9

Der Wind trieb ihnen Staub in die Augen. Die breite, leere, von hartem Sonnenlicht beschienene Via Nuova della Marina entlang zog sich auf einer Seite eine hohe Ziegelmauer, auf der anderen, vor dem Meer, erhoben sich hinter einer Betonmauer Lager und Verwaltungsgebäude. Sie gingen die Straße hinunter, und das einzige, was sich bewegte, waren ihre Schatten. Eine elektrische Oberleitung und Schienen verloren sich in der Ferne, ohne daß eine Straßenbahn auftauchte. Kein Auto fuhr die Straße hinunter.

Das also war das Ziel. Der Zeppelin schwebte still am Himmel. Vom Hafen her war kein Geräusch zu hören. Die Straße schien endlos lang. In der Ferne entdeckte er einen abgestellten grünen Kühlwagen, auf den ein Fisch gemalt war. Der Platz hinter dem Lenkrad war leer. Er ging schneller und drehte sich wieder nach dem Zeppelin um und erkannte, daß es nicht der Himmel war, vor dem der Zeppelin schwebte, sondern der Vesuv, der sich zart und dunkel vom Himmel abhob. Seine Spitze schien von der Sonne oder einem Wolkenschleier bedeckt. Was er sah, kam ihm wie eine Erinnerung vor. Das endlose Gehen auf der Straße, die Gebäude, die Schiffsschlote über den Gebäuden, die Ziegelmauer, die elektrische Leitung und die Schienen, das abgestellte Auto, der Zeppelin, alles war ihm bekannt. Er mußte irgendwann einmal hier gewesen sein. Während er rasch weiterging, fiel ihm der Anblick der Erde im All ein. Er dachte daran, wie er mit Anna geschlafen hatte, wie sein Glied in ihr verschwunden und wieder herausgeglitten war, als sie auf ihm gesessen war. »Es ist so traurig hier«, sagte Anna plötzlich. Der Zeppelin war jetzt ganz klein, ein schwebender Lichtpunkt, und der Vesuv stand über ihm wie eine dunkle Welle.

10

Endlich kam eine gelbe Straßenbahn mit singendem Geräusch angefahren, gleich darauf fuhr ein Mann auf einem Fahrrad vorbei. »Ich bin niemand«, dachte Nagl. »Ich war ein Mensch, jetzt bin ich keiner mehr. Ich will auch kein Mensch mehr sein. Darum kommt es mir vor, daß ich alles schon einmal erlebt habe, weil ich einmal ein Mensch war und als Mensch hierhergekommen bin. Wenn ich noch ein Mensch wäre, müßte ich mich ans offene Fenster stellen und mit einem Gewehr auf die Leute schießen, die vorbeigehen. Ich bin niemand. Ich kann die Erde von außen sehen, wann ich will. Ich kann in einer Nacht, im Schlaf in einem fremden Land sein, unter fremden Menschen. Ich weiß, wie das Ende der Erde sein wird. Die Erde wird eine große, ewige Wüste sein. Nichts mehr wird an einen

Menschen erinnern, kein Baum, kein Bach, keine Blume, kein Tier wird eine Spur zurücklassen. Ich kann es sehen. Die Menschen sind nicht gut. Die Zukunft ist ein Scheißdreck. Die Vergangenheit ist ein Scheißdreck. Die größten Verbrecher sind die, die wirklich an die Zukunft glauben und sich nicht nur zur Wehr setzen. Ich bin niemand. Ich habe alles erfunden, was ich sehe. Diese Straße, den Vesuv, Anna, die Schiffe, alles habe ich erfunden. Vielleicht hat sich der Gendarm nicht in die Hand geschossen, sondern mir in die Brust?« Er dachte an die Kinder in der Schule und sie taten ihm leid. Vor Rührung zog es ihm die Kehle zusammen.

Der Wind zerzauste seine Haare. Die Straße wurde jetzt belebter. Auf einmal wollte Nagl das Meer nicht mehr sehen. Es kam ihm sogar richtig vor, daß er das Meer nicht gesehen hatte. Vielleicht war es auch das richtigste, diese Hafenstraße hinauf und hinunter zu spazieren und mit Anna in Hotelzimmern zu schlafen. Oder einfach Neapel von allen Seiten zu durchqueren, bis ihnen das Geld ausging.

Anna blieb stehen und fragte ihn, was mit ihm sei, und als Nagl sie nur anschaute, sagte sie, er sei komisch. Sie gingen weiter. »Eigentlich gefällt es mir an dir«, sagte sie, »an einem anderen Mann würde mir das nicht gefallen, an dir aber schon.« Sie warf ihm einen Blick aus den Augenwinkeln zu und lachte. Ein Pferdelastwagen kam ihnen entgegen, voll beladen mit Melonen. Das Pferd war braun und hatte einen weißen Fleck auf der Nase. Es war schon alt, und der Kutscher nahm eine Peitsche und schlug es. Das Pferd ging gleichmütig weiter. Automatisch dachte Nagl an die Schule, die Kinder, den Schulinspektor, an sein eigenes Leben. Die Ziegelmauer auf der rechten Seite hörte auf, die Straße wurde breiter, und hinter einer Straßenkreuzung begannen Häuser. Zwei Matrosen mit schmutzig weißen Käppis und blauen Hemden kamen ihnen entgegen. Einer schälte eine Orange ab und warf ihm die Schale hin, der andere lachte. Im nächsten Augenblick stürzte Nagl, da ihm ein Bein gestellt worden war. Er fuhr mit der Hand zur Nase und sah Blut an den Fingern. Das Blut tropfte auf den Asphalt, er hörte Anna schreien, spürte ihre Arme, rappelte sich auf und stand schwankend da. Es waren zwei mittelgroße, gedrungene Burschen, die ein wenig schneller gingen, als er begonnen hatte, ihnen nachzulaufen. Plötzlich blieben sie stehen und warteten mit ernsten Gesichtern auf ihn. Einer rief dem anderen etwas zu und sofort fielen beide über ihn her. Er spürte keinen Schmerz, sondern nur die Schläge, die ihn trafen. Es waren nicht viele, vielleicht vier oder fünf, einer im Gesicht und die anderen im Bauch und auf den Rippen. Sein Kopf schmerzte, und alles lag in einem seltsam grauen Licht da. Die Matrosen liefen davon, er sah, wie ihre Kragen auf dem Rücken flatterten, wie kleine Fahnen, dann kam Anna, Tränen in den Augen. Von der gegenüberliegenden Straßenseite liefen Männer zu ihm herüber und fragten ihn, aber Nagl verstand sie nicht. Sie führten ihn in eine Gasse, wo man ihm eine Schüssel mit kaltem Wasser und ein Tuch brachte. Die Nase hatte zu bluten aufgehört, aber sie war geschwollen. Sein Körper begann zu schmerzen, aber dieser Schmerz kam ihm wie ein Schutz vor. Es machte ihm nichts aus, daß seine Nase geschwollen war. Sie war jetzt eine Drohung. Er spürte, wie die Menschen vor ihm zurückwichen, als er sich schweigend das Gesicht wusch. Aber er spürte auch ihr Mitleid. Man führte ihn vor ein Geschäft, dessen Rolläden geschlossen waren, und bot ihm einen Stuhl an. Als er sich setzte, bemerkte er, daß vor dem nächsten Haus eine Schneiderpuppe aus Holz stand. Er war benommen, aber er fühlte sich stark. Anna lehnte sich an ihn. Sie redete mit ihm, aber Nagl hörte nicht zu. Er dachte an den Gendarm mit der blutenden Hand. Der Schmerz konnte tatsächlich eine Befreiung sein. Natürlich war das nur für kurze Zeit, für den ersten Moment, aber er entfernte ihn von den Menschen. Er machte stark. Jetzt spürte er, was der Gendarm gewollt hatte. Es war eine Form von Erlösung gewesen, eine Methode, sich ins Recht zu setzen. Er hatte das Gefühl, daß er nichts zu verlieren hatte. Die Angst war immer nur die Angst vor etwas Unbekanntem, vor dem ersten Schmerz. Die Vorstellung vom ersten Schmerz, der zu einer ungeahnten Größe wird, machte das Herz klein und feige. Er wollte keine Angst vor dem ersten Schmerz mehr haben, sondern bereit sein, ihn hinzunehmen. Das war das ganze Geheimnis der Stärke. Er dachte an das Pferd. Es hatte sich an die Stockhiebe gewöhnt, weil es sich hatte gewöhnen müssen. Weil es normal ist, daß ein Pferd nicht zurückbeißt.

Er saß da, dachte und sah den Menschen zu: Ein Gemüsehändler ging vorbei mit einer Waagschale an einer Kette, die er an der Hintertasche seiner Hose befestigt hatte, vor dem geöffneten Fenster einer Zeitungshütte stand ein kleiner Mann mit Brille, Hut und Mantel und spielte mit dem Verkäufer Karten, ein Mann entlauste einen jungen Hund, der vor ihm auf dem Rücken lag. Anna drückte einem Kind einen 100-Lire-Schein in die Hand, aber ein Windstoß ließ ihn davonflattern, und das Kind lief ihm nach.

11

Ziellos gingen sie auf den Lärm der Stadt zu, fanden eine Trattoria mit weißen Tischtüchern und aufgestellten Servietten und ließen sich von einem glatzköpfigen Kellner Fische, Krebse und Wein servieren. Im Hotel saß der Portier mit der Brille, an der ein Bügel fehlte, hinter seinem Pult und löste Kreuzworträtsel. Nagls Nase schmerzte, und er war betäubt vom Wein. Sie küßten sich im Hotelzimmer. Nagl schob ihre Strumpfhose hinunter und legte sie über die Bettkante. Er hockte sich vor Anna hin und begann sie zu lecken. Während er sie leckte, hatte er ihren Kitzler vor den Augen. Er war groß und hell, und Nagl nahm ihn in den Mund. Er leckte, bis sie aufstöhnte und ihre gespreizten Beine in die Luft streckte. Unter seinem Mund war der schmutzige, blaue Bettüberwurf, es ekelte ihn jedoch nicht mehr davor, er dachte an die Weltkugel und daß er kein Mensch mehr war. Anna hatte sich zur Seite gedreht, ihm die Hose ausgezogen und flüsterte, daß sie ihn liebe. Nagl sagte nichts. Er setzte sich auf sie und steckte seinen Schwanz zwischen ihre kleinen Brüste. Es sah gewalttätig aus, wie er in den Mund fuhr, er steckte ihn ganz hinein, daß sie den Mund weit aufreißen mußte und es sie würgte und sie Luft durch die Nase schnaufte. Ihre Hände drückten ihre Brüste zusammen und Nagl spürte, daß es ihm kam. Sie sahen zu, wie er auf ihre Zunge spritzte, bis Nagl sich zur Seite fallen ließ und erschöpft einschlief. Zum ersten Mal seit langem träumte er. Es war ein wirrer Traum, der sich

aus den Bildern zusammensetzte, die er gesehen hatte. Er
träumte von den Matrosen und Orangen, vom Zeppelin und
vom alten Pferd, das in seinem Traum ein Schimmel war und
sprechen konnte.

Am Abend trieb es ihn wieder auf die Straße. Seine Nase
schmerzte mehr als zuvor, ein Auge war geschwollen und
seine Gedanken waren unklar vom Wein, den er getrunken
hatte. Er hatte sich im Spiegel gesehen und bemerkt, wie der
Schmerz ihm das Gefühl gab, nichts verlieren zu können.

Anna blieb vor einem Hutgeschäft stehen und wollte einen
Hut mit einem schwarzen Schleier, und Nagl ging in das
Geschäft und kaufte ihn. Anna sah jetzt aus wie eine Witwe.
Sie wollte auch in eine Kirche gehen, aber die Kirche war
versperrt. Überall in den Gassen leuchteten die Marien-
schreine. Ein dicker Mann mit einer kleinen Krawatte ging
mit seinem Sessel spazieren wie mit einem Spazierstock. In
einem Geschäft für Heiligenbilder schlief ein Mann auf einem
Stuhl und sah aus wie tot. Alles hupte, schrie und lärmte. Ein
Rindermaul lag auf Grünzeug, Schweinshäute hingen von
Fleischerhaken, in einer Auslage bügelte eine junge Frau ein
Hemd.
Langsam wurde es Nacht. Der Vesuv lag im Dunkeln. An der
Straßenecke verkaufte ein Mann Tintenfischsuppe. Ein abge-
hackter Arm schwamm in einer roten Brühe, die Brühe
wurde ausgetrunken und der Arm mit den dicken Saugnäp-
fen aus dem Glas gesogen. Er sah Anna zu, wie sie mit dem
Witwenhut den Tintenfischarm aus dem Glas saugte, mit
einer Hand hielt sie den Schleier über der Stirn. Plötzlich fiel
ihr ein, daß sie die Blumen in dem Hotel vergessen hatte, in
dem sie am Vormittag gewesen waren. Nagl mußte wieder
an den Vesuv denken, er trank die Brühe, und der Tintenfischarm verschwand in seinem Mund. Er trat auf die Piazza
Garibaldi und spürte den Wind. Der Schleier von Annas Hut
wurde vom Wind an ihr Gesicht gepreßt. Die Piazza lag im
Halbdunkel. Die Häuser rundherum sahen dottergelb und

wie alte Verwaltungsgebäude aus. Aber der Himmel über der Piazza war groß, und Sterne blitzten auf ihm. Eine Weile gingen sie auf der Piazza spazieren, um den Wind zu spüren. Alte Möbel wurden auf der Straße verheizt, Menschen standen herum, wärmten sich, und Kinder spielten.

Im Hotelzimmer verlangte er von Anna, daß sie sich ausziehen solle. Den Witwenhut sollte sie aufbehalten. Zuvor hatte er sich eine Flasche Wein bestellt. »Zieh dich aus und schau mich an«, sagte er. Sie stand nackt da, mit dem schwarzen Hut auf dem Kopf und dem Schleier vor dem Gesicht. Er sagte ihr, daß sie sich umdrehen, nach vorne beugen und die Beine spreizen solle. Der Hut lag auf dem Nachtkästchen. Sie machte es. Dann kam sie zu ihm ins Bett.

13

Am nächsten Tag kaufte Nagl einen Regenschirm und eine Flasche Grappa. Er ging ins Hotel zurück und weckte Anna. Seine Nase schmerzte ihn nur noch, wenn er sie berührte, und er nahm sich vor, sie nicht zu berühren. Auf der Straße trug ein Piccolo zwei Kaffeetassen und zwei Glas Wasser auf einem Tablett unter einem verbogenen Schirm. Ab und zu blitzte es, und aus der Ferne war das leise Grollen des Donners zu hören. Er ging in das Badezimmer, zog den Vorhang hinter sich zu und trank aus einem Zahnputzglas einen Schluck Grappa. Die Grappa war so scharf, daß es ihn würgte, aber sie wärmte seinen Magen.

Sie gingen an den leeren Ristorantes mit den weißgedeckten Tischen und den umgestellten Gläsern vorbei, von denen unter Leinendächern und Vorbauten kleine Gruppen von Männern standen, die sich unterstellten, rauchten und warteten. Sie sahen sich nicht an, sondern blickten auf die verregnete Piazza, von der lehmiges Wasser die Straßen hinunterlief. Über den Sessel eines Schuhputzers war eine Gummiplane geworfen, die Stände waren abgeräumt, Kellner servierten den Menschen auf der Straße aus den umliegenden Cafés Aperitifs. Im U-Bahn-Schacht roch es nach Chlor. Sie schoben sich durch das Gewühl regennasser Menschen, drängten sich in die Bahn und klammerten sich an Eisenstangen, während sie rüttelnd dahinraste. Nagl stand da wie betäubt. Er erlebte die Augenblicke so stark, aber er erlebte sie nicht mit klarem Kopf. Alles ging ihm durcheinander. Es ekelte ihn jetzt davor, zurückzudenken. Er wollte auch nicht daran denken, was kommen würde. Er würde nicht länger in Neapel bleiben, wenn er seine Unrast verlor. Anna war an ein Fenster getreten und hatte ein Sehloch in die angelaufene Scheibe gewischt, durch das sie hinausschaute. Nagl wollte nicht hinaussehen. Er wollte Anna in der Bahn lieben auf einem Berg zusammengefalteter Regenschirme, er wollte mit dem weißen Pferd im Zeppelin über den Hafen fliegen, er wollte, daß sein Körper seinen Gedanken folgen konnte; daß alles möglich war, was er sich denken konnte. Auf einem der Sitze lag eine Zeitung, aber niemand kam, der in der überfüllten Bahn den Platz für sich besetzt hätte. Also fragte Nagl die Frau, die daneben saß. Die Frau rutschte zur Seite, drückte ihm die Zeitung in die Hand und forderte ihn ungehalten auf zu lesen. Er saß mit der italienischen Zeitung, die er nicht lesen konnte, in der Bahn, und Anna blickte durch das Guckloch in der angelaufenen Scheibe, bis sie an der Station Villa dei Misteri vor Orangenhainen ausstiegen.

14

In einer Trattoria trank er im Stehen eine große Grappa. Er fühlte sich erlöst, wenn er spürte, wie der Alkohol wirkte. Der schönste Moment war, wenn ein großer Finger ihn im Kopf berührte und ihn benommen machte. Er spürte, wie sein Herz sich öffnete, wie er er selbst und unverletzlicher wurde. Wegen dieser Unverletzlichkeit trank er, auch wenn er am nächsten Tag verletzlicher war. Es hatte zu regnen aufgehört, und eine Schar Matrosen strömte aus den Ruinen der Häuser und verschwand in ihnen. Sie hatten dieselbe Uniform, wie die beiden, die ihn verprügelt hatten. Nagl ging mit dem zusammengefalteten Regenschirm wie mit einem abgebrochenen schwarzen Flügel. Er dachte, daß auch die Wächter und die Touristen mit ihren zusammengefalteten Regenschirmen wie Vögel mit abgebrochenen Flügeln dastanden und über die Steine hüpften. Die Matrosen fotografierten sich vor den Torbögen und gingen in ihren Uniformen in ein Ristorante zwischen den Trümmern, und Nagl wollte ihnen folgen. Er ging jedoch weiter, da Anna zu weinen begonnen hatte, aber er warf den Regenschirm über eine Mauer. Vor ihm lag der Vesuv, dunkelblau mit weißen Nebelstreifen, als sei er von Schnee bedeckt. Durch Gitter sah er in kleinen verwilderten Gärtchen zwischen Überresten von Häusern, Brunnen aus verwittertem Stein, Mosaike und Steintische. Erst jetzt bemerkte er, daß er allein war. Er drehte sich nach Anna um und sah sie hinter sich mit dem Schirm hergehen. Zwei Nonnen in Schwarz standen zwischen den bemoosten Säulen und studierten einen Plan. Als Anna zu ihm kam und sagte: »Bitte verstehe mich«, antwortete er: »Ich verstehe niemanden.«

Es begann wieder zu regnen, und sie spannte den Regenschirm auf. »Früher warst du ein guter Mensch«, sagte sie plötzlich. »Um meine eigene Stärke zu spüren, war ich ein guter Mensch«, antwortete Nagl heftig, »um einen Triumph zu spüren.«

Die Casa dei Vetteri stürzte in seine Augen, Bilder an Wänden in tief aus dem Meer ans Tageslicht getauchten Farben. Farben aus Blütenstaub und aus dem Blut geschlachteter Ochsen, aus Luft und Blättern, Bilder, die so zart waren, als seien sie als Pflanzen gewachsen, als seien sie Gedanken aus einer Materie, die lebte. Menschen waren auf den Bildern zu sehen, nackte Kinder, Vögel, Schlangen, Langusten, Trauben, Hund und Hirsch, Pfaue, Säulen und Amphoren, sie waren ocker und braunrot, schwarz, olivgrün, kaminrot, blei- und emailfarben. Es war ein friedliches Reich. Es zeigte ihm eine unberührbare Würde, seine Schönheit und seine Gleichgültigkeit gegenüber der Zeit. Schirme raschelten, aber da war auch das Gezwitscher von Vögeln, es kam aus dem Garten der Villa, in den der Regen auf das Grün und die Statuen fiel, und Nagl erinnerte sich an die Vogelhandlung in der Marktstraße. Der Mann in der Eisenbahn fiel ihm ein, der seine Jacke durchsucht hatte, und das Meer. Er trat ganz nahe an die Wände heran, als wollte er sehen, daß die Bilder an den Wänden eine Natur waren, wie der Urwald, die Anden oder die Arktis. Ganz benommen stand Nagl davor, als ihn ein Wächter ansprach.

Er sperrte ein Eisenkästchen auf, und da war in blassen Farben ein Mann mit einem mächtigen Schwanz zu sehen. Der Schwanz war größer als der Mann. Der Mann schien nicht zu leiden, aber auch keinen Genuß zu fühlen, er war nur da, um sich betrachten zu lassen. In einer dunklen Nische leuchteten farbige Schatten an der Wand. Frauen mit geöffneten Beinen unter Männern, Frauen, die auf Männern saßen, sich vor sie auf den Bauch gelegt hatten, ihr Glied hielten. Und jetzt fiel Nagl das Panoptikum ein, die farbigen Bilder fielen ihm ein, die er mit seinem Großvater gesehen hatte, und er dachte daran, wie Anna auf ihm gesessen war. Mit den Traumfarben im Kopf stolperte er aus den Ruinen, über die holprigen Steine, er hörte wieder die Vögel, und auf einmal spürte er die Farben im Mund als angenehmes Gefühl, als ob sich sein Gaumen an sie erinnerte, und von dort stiegen sie in seinen Kopf hinter die Augen. Die Vögel zwitscherten. Rundherum erhoben sich die schwarzen Bergsilhouetten mit den zerrissenen Nebelfeldern. Auch die Matrosen begegneten ihm jetzt wie Kindheitserinnerungen. Auf einmal brach die Sonne durch, und die Häuser und die Mauern warfen zartfarbene Schatten. An einem Gemäuer war die Grundierung übriggeblieben, ein seltsam fernes Blau, das er ansah und in dem er plötzlich Leben erkannte. Er stieg das Amphitheater hinunter, das leer war, in die düsteren Gänge, wo weggeworfene Flaschen, Eisbecher, Coca-Cola-Dosen, Kaugummipapier und Zigarettenstummel lagen, und dann stand er in der Arena, hoch oben, auf den Stufen saß Anna zwischen gelbem, dürrem Gras, wie Pferdemähnen. Am Himmel zogen dunkle Regenwolken, die vom Vesuv kamen. Auch als er den Gendarmen verlassen hatte, waren die Wolken über seinen Kopf geströmt, und auf dem Weg vor dem Amphitheater wuchsen gelbe Blumen, in den Mauerritzen hockten Eidechsen. Die Matrosen hatten sich verlaufen.

Sie gingen auf den Vesuv zu, der schwarz war und mit den Regenwolken aussah, als würde er ausbrechen.

15

Die Villa dei Misteri lag zwischen Früchte tragenden Zitronen- und Orangenbäumen. Eine Katze mit zerkratzter Nase streifte vor dem Eingang. Sie schmiegte sich an Annas Füße und miaute. Anna mußte das Kätzchen streicheln, und Nagl war allein im Haus. Er stand in einem dumpfen Raum, an dessen Wänden Figuren wie eine Fata Morgana des Todes erschienen. Stumm und groß, von mattgelber Farbe mit grünen und violetten Togen bekleidet, schwebten sie an der Wand aus Blut. Ein beflügelter Dämon war in dieser Welt erschienen, der eine Geißel hinter dem Kopf erhoben hatte und im Begriff war zuzuschlagen. Nagl sah den beflügelten Dämon an, bis er selbst zu schweben glaubte. Er ging zurück – durch den schwarzen Vorraum mit zartschimmernden grünen Pflanzen und weißen Reihern – an den Tag, die Sonne schien und es regnete, helle Tropfen fielen raschelnd ins Gras auf die Pinien. Ein Bauer pinkelte zwischen Weinstöcken, einer kam ihnen entgegengelaufen, die Jacke über dem Kopf, und in der rasenden Bahn nach Neapel sah Nagl einen Regenbogen am schwarzen Himmel, der vom Vesuv in die Orangengärten fiel, während Anna an seiner Schulter schlief.

16

Sein Gesicht lag auf der Innenseite eines Oberschenkels. Er öffnete die Schamlippen und blies den Atem aus. Er wollte, daß sie sein Atemgeräusch hörte, und blies weiter und zog die Schamlippen so weit auseinander, als es möglich war. Auf dem Nachtkästchen lag der Witwenhut, daneben stand die Weinflasche. Nagl griff nach der Weinflasche und zog den Korken heraus. Inzwischen leckte ihn Anna, daß er zu stöhnen begann. Er nahm einen Schluck aus der Flasche und spritzte den Wein in sie. Anna hörte auf, ihn zu lecken und lehnte sich zurück. Sie genoß es, wie er den Wein aus ihr saugte und ihren Kitzler rieb. Sie war so erregt, daß sie sich auf die Beine eines umgelegten Sessels setzte. Sie hatte den Rücken durchgedrückt, die Schenkel waren gespreizt, und eine Haarsträhne hing in ihr Gesicht. Er griff nach ihren Brüsten und legte sich mit dem Kopf zwischen die Sesselbeine. Er sah alles ganz groß, und wenn er nach vorn sah, sah er ihre Brüste und die Brustwarzen in der Luft.

»Schau herunter«, bat er. Sie beugte sich vor und sah zwischen ihre Schenkel auf sein Gesicht, ihr Gesicht war jetzt verändert, da sie hinunterblickte und Blut sich in ihm ansammelte. Sie setzte sich wieder auf, ließ ihren Kopf nach hinten fallen und schien in sich zu horchen, als er ihren Kitzler rieb. Nagl rutschte aus dem Sessel hervor und sah ihr verzücktes Gesicht und ihre geschlossenen Augen. Er mußte immer ihr Gesicht sehen, wenn er erregt war. Sie hatte ihre Augen zumeist geschlossen, ihre Nasenflügel zitterten, ihre Lippen waren geöffnet und manchmal streckte sie die Zunge aus dem Mund. Sie legten sich auf das Bett und liebten sich, bis sie vor Erschöpfung einschliefen.

17

Das Meer vor dem Castell d'Ovo war dunkel, und in der Ferne erhob sich die Silhouette von Capri aus dem Meer. Drei fette Möwen saßen gelangweilt auf einem Eisengländer. Nagl setzte sich in ein Restaurant, vor dem ungedeckte Holztische und aufeinandergestapelte Stühle im Freien standen. Die Masten von Schiffen ragten sinnlos in den Himmel. »Du warst in Gedanken früher immer woanders«, sagte Anna. »Es war dir egal, was ich gemacht habe, du warst unabhängig von mir. Aber du hast mir die Freiheit nur gegeben, weil du geglaubt hast, ich bin abhängig von dir. Ich war es auch. Alles, was ich getan habe, habe ich getan, weil ich von dir loskommen wollte. Ich wollte nicht mehr, daß du mir so viel bedeutest, und andererseits habe ich dich zu sehr geliebt, um dich zu verlassen. Im nachhinein, wenn es geschehen war, ist es mir immer wie nichts erschienen. Ich habe dir auch immer gesagt, es war nichts, weil nichts geschehen war, was von Bedeutung gewesen wäre. Ich hatte eigentlich nur Angst davor, daß du es entdecktest und mich deshalb verließest. Ich hatte keine Schuldgefühle, weil es mir im nachhinein bedeutungslos vorkam.«

Der Kellner hatte durch die Veranda gelugt und ließ sich herab, eine Bestellung aufzunehmen. Bunte Ruderboote schaukelten in der Mole vor dem Ristorante. »Du hast immer darauf geachtet, mir zu zeigen, daß ich nicht das mindeste Recht auf dich hatte«, sagte Anna. »Du kümmerst dich jetzt nicht mehr darum, mir das zu zeigen. Du sagst nichts, und ich verlange nichts von dir. Die ganze Zeit habe ich darüber nachgedacht, und ich bin auf den Gedanken gekommen, daß du damals Schluß machen wolltest. Oft hatte ich den Eindruck, ich sei dir lästig gewesen. Ich war überrascht, daß es dich so getroffen hat, was ich dir gesagt habe.«

Nagl sah hinaus. Ein Bootsverleiher saß in einem Raum ohne Tür vor einem Heizöfchen. Auf dem Steinboden lagen eine Menge Ruderboote, deren Farbe abgeblättert war. In einem größeren Boot, das innen gerippt und rot war und Nagl an den Gaumen eines riesigen Fisches erinnerte, lag ein Sessel im Regenwasser.

Er schwieg. Es war wahr, was sie sagte. Er hatte sich keine weiteren Gedanken um sie gemacht. Manchmal war er froh gewesen, wenn er allein gewesen war. Er hatte auch daran gedacht, mit ihr Schluß zu machen, aber dann hatten sie miteinander geschlafen, und er war nicht losgekommen von ihr. Auch er hatte es mit anderen Frauen, Gelegenheitsbekanntschaften und vergangenen Geliebten, gemacht, aber er hatte es ihr verschwiegen. Sie hätte geweint, ein paar Tage, ein paar Wochen, aber sie hätte es rascher überwunden. Er war schwerfälliger, empfindlicher und eitler als sie. Vor allem war sie großzügiger als er. Mit Erschrecken hatte er festgestellt, daß auch er, im nachhinein, wenn er mit einer anderen Frau zusammengewesen war, nur Angst vor der Entdeckung empfunden hatte, und so hatte er seine Abenteuer immer rasch beendet. Er dachte, daß es andere Männer gab, die wußten, wie Anna stöhnte, welche Eigenheiten sie hatte, wie sie nackt aussah. Anna sagte: »Oft wollte ich mit dir sprechen, aber du warst nur ungehalten.«

Auch das stimmte. Alles war ihm zu rasch gegangen. Ihre Vertraulichkeit, ihre praktische Veranlagung. Ihre Erfahrenheit hatte ihn gestört. In seinen Augen war sie nicht sehr erfahren gewesen. Aber er wußte jetzt, daß das ein Wunschbild gewesen war, das er immer hatte, wenn er sich verliebte. Er hatte es zur Kenntnis nehmen müssen. Und wieder war er noch erregter gewesen, obwohl es ihn gleichzeitig verletzt hatte. Das war ein seltsamer Mechanismus. Er fürchtete sich vor dem Schmerz, betrogen zu werden, und doch hatte er nie eine solche Erregung gespürt wie gerade dann. Der Gendarm und seine Frau fielen ihm ein. Genauso, wie er die Frau des Gendarms behandelt hatte, genauso, wie er sie geliebt hatte, hatten andere Männer Anna geliebt. Er konnte von sich auf andere schließen, von seinen Gefühlen, seinem Verhalten auf das der anderen. Er sah in ihr Gesicht und dachte daran, wie sie jemanden geliebt hatte. Er schaute wieder zur Veranda hinaus, zu den Booten. Dort, wo die Boote lagen, war eine Eisentür, mit großen, bunten Blumen bemalt, als ob es Sommer wäre. Er schaute immer dasselbe an: das Meer, die Boote und Anna.

18

Als er das Meer vom Zug aus gesehen hatte, war es ihm wie ein großes Versprechen vorgekommen, das flimmernde Licht, die Biegung am Horizont, die Weite, aber von hier sah es kalt und dunkel aus, und die leere Hafenstraße fiel ihm wieder ein, die da vorlag.

Er bezahlte, und sie gingen die Stiege zwischen den Booten hinauf. Ab und zu sahen sie, als sie weiter in die Stadt hineingingen, durch Seitenstraßen große Schiffe auf dem Meer, die ganz nahe herangefahren waren. Vor einer grünen Kirche mit abgeblätterter Farbe stand ein Marineoffizier mit goldenen Streifen auf der Uniform und üppigem Schnurrbart. Kinder schrien, umringten sie und folgten ihnen. Am Abend tranken sie in der Galleria Umberto Wein. Das Licht fiel durch ein riesiges, gewölbtes, von Eisenträgern gehaltenes Glasdach wie in einen Bahnhof. Draußen begann es zu regnen. Der Abendhimmel schimmerte gelb, und die Wolken waren fliederfarben. Auf der Piazza Dante lag eine alte Frau im schwarzen Mantel mit weißen Strümpfen auf einer Kirchenstiege und schlief. Nagl saß in einer Trattoria unter einem riesigen Ventilatorflügel, betrunken, zwischen den weißgedeckten Tischen, im hellen elektrischen Licht, draußen war es Nacht, und die Menschen gingen vorbei, die Autos hupten, und die Gäste aßen langsam und sorgfältig und waren schön gekleidet, die Kellner stellten klappernd Geschirr ab, und im Radio spielte Musik.

19

Die Spitze des Vesuvs war von Schnee bedeckt. Nagl schaute stumm aus dem fahrenden Taxi. Er war in der Nacht wach geworden und in der Finsternis dagelegen. Er hatte Anna zu wecken versucht, aber sie hatte tief geschlafen. Er hatte das Gefühl, weder vor noch zurück zu können. So lag er in der Finsternis und atmete. »Es ist egal, was ich tue«, hatte er gedacht. »Wenn ich nicht mehr zurückkomme, wenn ich Anna verlasse, kommt ein anderer nach. Ich muß mich darin üben, an etwas anderes zu denken. Ich werde zum Schulinspektor gehen, und während ich mit ihm sprechen werde, werde ich an etwas anderes denken. Jetzt, wo das Leben nicht mehr vor mir liegt, wo es richtig angefangen hat, jetzt ist auf einmal nichts anderes da als sinnlose Gedanken. Ich habe alles wie von selbst gemacht. Ich war ehrgeizig, daß alles, was ich gemacht habe, ausgeschaut hat, als ob ich es will. In Wirklichkeit ist es so gegangen.«

Die Straße stieg an, links und rechts lagen Häuser, vor denen Pfirsichbäume blühten, Gärten mit Oliven, Feigen, Zitronen und Weintrauben, Margeriten und Mimosen blühten, und kleine Wäldchen von Akazien und Pinien lösten sich ab. Aber kurz darauf quoll erstarrtes vulkanisches Gestein aus der Erde. Nagl dachte plötzlich an seinen Großvater.
Sein Großvater hatte an die Arbeit geglaubt. Die Arbeit war der Sinn gewesen, weil er nur mit Hilfe der Arbeit hatte überleben können. Es war ganz egal, wie die Arbeit beschaffen war. Ohne Arbeit zu leben, war wie eine schleichende, tödliche Krankheit, es war das Bewußtsein des Todes, das

langsam auf ihn zukam. Und so hatte er gearbeitet von Kindheit an. In der Zeit der Arbeitslosigkeit hatte er Nächte über dem Schachbrett verbracht, mit sich selbst als Gegner, bis er wieder Arbeit gefunden hatte. Nach seiner Pensionierung wohnte er bei seiner Schwester in einem dunklen Zimmer in Untermiete. Vor dem offenen Fenster, das auf einen Hinterhof mit einem Kastanienbaum hinausging, spielte er mit sich selbst Schach. Nach seinem Tod waren seine Möbel in einer halben Stunde zusammengeräumt. Die Leute ekelten sich vor seinen Möbeln, weil es die Möbel eines Toten waren. Als er begraben wurde, wurde »Das Lied der Arbeit« gespielt.

Nagl hatte sein eigenes Leben nie verstanden. Er konnte es nicht erklären. Solange er arbeitete und an die Arbeit glaubte, war es nicht schwierig. Er fragte sich nicht, was geschehen würde. Unter ihnen breitete sich der Golf von Neapel aus, die Stadt mit kleinen Häusern und das Meer, das von weitem und von oben gesehen wieder schön war und voll Hoffnung. Vor ihm lag der Vesuv, der Schnee und die Wolken machten ihn für Nagl jetzt erhaben. Die Straße fraß sich durch rotbraune, erkaltete Lavahalden. Sie fuhren den Lavaströmen nach, vereinzelt sahen sie Kastanien und Pinien und Föhren, an denen Zapfen hingen. Weiter oben war die Lava von Schnee bedeckt, anfangs nur flächenweise, so daß sie grau, wie von einem Schimmelpilz befallen, aussah, kurz darauf war die Straße von Schnee und Eis glatt, und das Taxi kroch nur langsam und rutschend in die Höhe. Anna unterhielt sich mit dem Chauffeur. Nagl betrachtete ihr Gesicht, bis sie ihn anschaute. »Warum bist du stumm?«, fragte sie lachend. Der Wagen hielt hinter dem Observatorium. Ein kleiner Mann mit einer weißen Kappe kam aus dem Observatorium und bestimmte, daß er sie auf den Vesuv führen würde. Er hatte nur zwei Zähne und trug eine Tasche. Sie stiegen den verschneiten Weg in Serpentinen hoch, umgeben von Schnee und dichtem, grauem Nebel. Währenddessen hielt der Führer einen Vortrag über Vulkanausbrüche. Hinter einer Biegung leuchtete der Nebel schwefelgelb. An manchen Stellen schaute schwarze Lava unter dem Schnee hervor. Nagl ging ohne Unterbrechung hinauf, obwohl der Führer mehrmals anhielt und nach Luft rang. Als er aber sah, daß Nagl ohne ihn weiterging, beeilte auch er sich, rascher vorwärts zu kommen. Wenn Nagl sich zu weit entfernte, blieb der Führer stehen und rief ihm nach, und sobald Nagl sich umdrehte, zeigte er ihm eine Weinflasche, die er in der Tasche trug, oder schrie sinnlos, daß er den ganzen Tag auf dem Vesuv bleiben müsse. Sie stiegen höher, und die Lava rieselte unter ihren Füßen mit einem hellen Geräusch den steilen Hang in den Nebel hinunter.

20

Nagl blickte zum Himmel auf, doch der Himmel über ihm war derselbe undurchsichtige Nebel, in dem sich die beschneiten Hänge verliefen. Ein schmaler Weg war von Fußstapfen ausgetreten, und er ging den Fußstapfen nach. Plötzlich stand er vor dem Krater. Die Spuren hatten sich verloren, aber er hatte nicht mehr auf sie geachtet und stand so nahe am Kraterrand, daß er abzustürzen drohte. Ihm war schwindlig, er spürte ein Ziehen in den Schläfen, aber er blieb stehen. Ein riesiges weites Loch öffnete sich vor ihm, in dem Schnee lag, erkaltete Lava und Nebel. Kein Mensch war zu sehen. Er blieb stehen und schaute tief hinunter, in die Erde hinein. Nichts war da unten. Es kam ihm nicht vor, in die Erde zu schauen, sondern auf ein fremdes Gestirn. Nicht einmal der Nebel stieg hoch oder senkte sich. Hätte er einen Schritt getan, wäre er hinabgestürzt. Nur mit Mühe konnte er die andere Seite des Kraterrandes sehen. Es war ihm, als könnte er einen großen Teil der Welt überblicken, und so leer sie auch war, so hatte sie doch ihre Schönheit und Richtigkeit.

Der Führer und Anna traten an den Kraterrand, und der Führer schrie in den Krater, daß das Echo zurückkam. Nagl spürte eine Bewegung, über die er sich nicht gleich im klaren war. Er hatte sich etwas anderes vorgestellt, aber was er sah, erschien ihm viel selbstverständlicher. Er sah nur dieses gewaltige Loch, den Nebel und den Schnee, und er spürte, daß die Bewegung eine Besänftigung war. Er dachte an seine Schulklasse, die Kindergesichter, an das Staunen, mit dem sie

41

zuhörten. Aber er wußte auch, daß alles zurückliegen würde, wie eine Erfindung. Die Kinder würden zuhören, ohne sich etwas vorstellen zu können. Das Geheimnisvolle würde es sein, was sie staunen ließe, und da er das wußte, würde er geheimnisvoll erzählen. Er würde es bald aufgeben, beim Erzählen sich selbst zu überzeugen, es würde ihm genügen zu sehen, wie die Kinder mit geöffneten Mündern dasaßen.

Er bückte sich und griff die Lava an. Er wußte, welche Bewegung, welche Besänftigung in ihm war, gerade, daß nichts geschah, gerade, daß sich nichts änderte, machte ihn friedlich. Ein kalter Wind ließ ihn seinen Schweiß wie fremdes Wasser spüren. Anna rief ihre Namen und sie kamen als Echo zurück. Sie kletterten einen schmalen Pfad zum Krater hinunter. Dämpfe stiegen aus den Felsen, die nach Schwefel rochen, die Felsen waren heiß, als Nagl sie berührte, und schließlich entfachte der Bergführer mit einer glühenden Zigarette Dämpfe in einer Felsspalte, die sie völlig einhüllten und durchnäßten, das Haar wurde naß und ringelte sich ein, und Nagls Barthaare im unrasierten Gesicht tropften vor Wasser. So standen sie im Vulkan, hustend und eingehüllt von einem aschenfarbenen Nebel, als plötzlich die Sonne aufging und den Nebel mit einem goldenen Licht durchleuchtete. Nagl sah die Konturen von Anna und dem Bergführer. Ganz kurz nur hielt die Witterung an, dann, ohne Übergang, zerriß der leuchtende Nebel, der sie beschützt hatte, und senkrecht, tief unter ihnen lag der Boden des erloschenen Kraters.

21

Der Wind pfiff kalt, als sie zurückgingen. Anna ging vor ihm, unter und über ihnen lag rosafarbener Nebel, um sie herum waren nur Schnee und Lava. Das Licht war blendend und silbergrau, und dort, wo sich die Lava mit dem Schnee vermischt hatte, schimmerten violette Flecken. Sie gingen schweigend und rasch. Nagl sah seine Füße vor sich, die durchnäßten Schuhe, den Schnee, den Nebel, die Lava. Niemand begegnete ihnen. Der Himmel und die Erde waren so nah, daß sie sich berührten. Es kam Nagl vor, als müßte jemand sich so die Welt vorstellen, wenn er sie zum ersten Mal im Raum sah. Er hatte gedacht, aus der Welt gefallen zu sein, und jetzt war ihm, als erlebte er es wirklich, wie es ist, wenn man aus der Welt gefallen ist. Er empfand Sehnsucht nach Menschen. Als sie zum Observatorium kamen, lag das Tal schwarz unter ihnen. Der Fahrer fror mit hochgestelltem Kragen hinter dem Lenkrad. Vorsichtig fuhr er die vereiste Straße hinunter.

22

Nach den letzten Kehren bogen sie im Sonnenlicht zum Frachthafen ab, und da lagen die großen Dampfer aus London, Marseille, Hamburg und Dubrovnik. Als er zum rückwärtigen Fenster hinaussah, erkannte er die Via Nuova della Marina. Während sie sich von der breiten Hafenstraße wegbewegten, sah er auch jetzt keinen Menschen und kein Fahrzeug bis auf eine Straßenbahn, die immer kleiner wurde. Er dachte an den Großvater und schaute unwillkürlich zum Himmel nach dem Zeppelin aus. Ein Park mit Palmen, Laubbäumen und einem Springbrunnen glitt an ihnen vorbei, Menschen gingen darin spazieren, und Nagl empfand wieder dieselbe Sehnsucht nach ihnen wie auf dem Vesuv. Er erinnerte sich an die Sonntagvormittage, wenn sein Großvater mit ihm und seinem älteren Bruder in den Grazer Stadtpark gegangen war, um vor dem Springbrunnen ein Konzert zu hören. Die Musikkapelle war im Pavillon gesessen, und durch die Kastanienblätter waren Lichtmuster auf die Zuschauer gefallen. Eigentlich waren die Brunnenkonzerte immer langweilig gewesen. Nagl war nur wegen der vielen Menschen gerne hingegangen. Auf dem Heimweg hatte der Großvater für sie wäßrig kaltes Himbeereis in Teigtüten gekauft. Das war etwas Besonderes, weil es für den Großvater etwas Besonderes war, ihnen etwas zu kaufen. Er verband keine Erklärung damit, aber daraus, daß er ihnen zärtliche Worte zugeflüstert und über die Haare gestrichen hatte, hatte Nagl entnommen, daß er an seine eigene Kindheit gedacht hatte. Er war in Istanbul geboren. Sein Vater, ein Glasbläser aus Österreich, hatte dort in einer italienischen Fabrik gear-

43

beitet. Zwei Geschichten hatte der Großvater an den Sonntagvormittagen abwechselnd erzählt: Wie sein Bruder gestorben und mit einem Schiff auf die andere Seite des Bosporus zum christlichen Friedhof gefahren worden war und wie
er in Istanbul Krabben zu fischen versucht hatte. Immer
hatten die großen Schiffe mit den schwarzen Rauchwolken
aus den Schornsteinen eine Rolle gespielt. Sie fuhren jetzt
neben Bahngeleisen und vereinzelten schmutzigen Häusern
am Meer entlang. Nagls Schuhe waren durchnäßt und seine
Füße kalt. Anna schaute unbeteiligt zum Fenster hinaus, aber
ihre Hand lag auf seinem Glied und drückte es. Wenn sie mit
dem Fahrer sprach, beugte sie sich vor, damit er nichts sehen
konnte, und nur einmal warf sie Nagl einen Blick zu, der im
Spaß Einverständnis suchte. Er trug einen Burberry, und sie
war mit einer Hand unter den Mantel gekommen, hatte den
Reißverschluß seiner Hose geöffnet und nach seinem
Schwanz gegriffen. Er konnte mit seinem Schwanz zucken,
und jedesmal, wenn er zuckte, drückte sie ihn.
Sie fuhren jetzt landeinwärts und hatten das Meer hinter sich
gelassen. Vor einem Gärtchen mit Obstbäumen wusch ein
Mann mit einer Baumspritze auf dem Rücken seine Stiefel
mit einem Schlauch ab. Die Bäume waren ohne Blätter, aber
dahinter bedeckten grüne Olivenhaine einen Bergrücken.
Anna nahm ihre Hand von seinem Glied und hielt ihr Gesicht
aus dem Fenster. Der Vesuv lag weit hinter ihnen. Nicht nur,
daß er eine Silhouette vor dem Himmel war, er war für Nagl
jetzt schon eine merkwürdig weit zurückliegende Erinnerung. Nagl dachte an den riesigen Krater und daran, wie er in
die Tiefe gestarrt hatte, als blickte er auf ein fremdes Gestirn.
Und dann hatte die Sonne den Nebel um sie herum fluores-
zierend leuchten lassen, als hätten sie sich plötzlich auf der
Sonne selbst befunden, umhüllt von glühenden Gasen.

23

Der Chauffeur war zurückgeblieben, und der Kassierer mit
dem Pepitahut über dem dunkelhäutigen Gesicht führte sie
über den Kraterboden der Solfatara, auf dem ihre Schritte
hohl klangen. Es war ein flaches, weites Stück Erde, bleigrau

und tot, ohne Pflanzen. Nagl spürte die Wärme unter den Füßen und doch empfand er keine Befremdung in dem zinnoberroten bewaldeten Kegel, in dem die Erde Blasen warf, dampfte, brodelte und in dem er den Gestank von Schwefel einatmete. Die Pinien am Rande des Kraters schienen ihm wie Tintenkleckse am Himmel, gelber Ginster blühte an den Hängen zwischen Mimosen, Palmen, Rubiae und Eukalyptusbäumen. Am Vesuv war er dem Himmel näher gewesen als der Erde, aber hier, über der kochenden Hitze, fühlte er sich ihr ganz nahe. Er dachte an die Marktstraßen, an die üppigen Früchte, die ihn an Organe erinnert hatten und an eine wachsleinerne Tafel in der Schule, auf der das Innere eines Bergwerks, Farnkräuter und prähistorische Tiere abgebildet waren. Der Führer hatte eine Fackel aus einer »La Stampa« gedreht, sie angezündet und war mit ihr über die vom Schwefel schmutziggelbe Erde gefahren. Zischend waren riesige Rauchschwaden aus der Erde gestiegen und über sie als dunkle Schatten geflogen. Auf der anderen Seite des Vulkans tauchte das aufgegebene Osservatorio Friedlaender in der Rauchschwade auf. Am Gemäuer schimmerten Schwefelblüten, das Haus war aus Stein und bestand nur aus einem Zimmer mit vergitterten Fenstern. »Hier, auf dem dünnen Boden des Vulkans war ein Mensch gesessen und hatte beobachtet, was im Krater geschehen war«, dachte Nagl. Er hatte sorgfältig die Risse der Erde in einem Plan verzeichnet, die Temperatur gemessen, den Seismographen studiert. Aber der Boden unter dem Observatorium war immer dünner geworden, so daß man die Beobachtungsstation hatte aufgeben müssen. War es ein Zufall, daß ihm wieder sein Großvater einfiel, in seinem dunklen Zimmer, über dem Schachbrett? Es war seltsam: In allen Wirrnissen, während des Ständestaates und des Nationalsozialismus, hatte er ihn sich immer in einem verdunkelten Zimmer über dem Schachbrett vorgestellt. Er war Sozialdemokrat gewesen, doch er hatte keinen Triumph beim Zusammenbruch der Monarchie empfunden, 1934 hatte er nicht mit dem Gewehr aus dem Zinshaus auf das Militär geschossen wie sein Bruder. Er war arbeitslos geblieben und hatte von seiner Frau, die Aufräumerin in einer Bleistiftfabrik gewesen war, gelebt. Den Nationalsozialismus hatte er mit Ekel vor der

Macht und mit Staunen betrachtet, da er wieder Arbeit gefunden hatte. Er schwieg, wenn er hätte antworten sollen, und zuckte mit den Schultern, wenn man ihm wegen seines Schweigens Fragen stellte. Nach dem Krieg hatte er bei den Wahlen für die Sozialdemokraten geworben, hatte Kranke mit dem Auto zur Wahlzelle fahren lassen, war bis spät in der Nacht vor dem Radio gesessen und hatte die Ergebnisse in Listen eingetragen. Dreißig Jahre später war er von der Partei vergessen gewesen, nicht einmal rote Nelken, die er am 1. Mai im Knopfloch getragen hatte, lagen auf seinem Grab. Auch seinen Namen schrieb die Sozialistische Arbeiterzeitung in der Traueranzeige falsch, als sei jemand anderer gestorben.

Ein Stein fiel, vom Führer geworfen, hohl dröhnend zu Boden. Es war ein merkwürdiges Gefühl, auf der dünnen Kruste über die brodelnde Erde zu gehen. Am Ausgang pflückte der Führer duftende Myrtenzweige und Heidekraut für Anna. Das Observatorium lag von Schwefeldämpfen eingehüllt auf der bleigrauen Ebene des Kraters, die, je weiter sie sich davon entfernten, immer mehr wie die Eisfläche eines Vulkansees aussah.

24

Im Stiegenhaus stand eine Frau, die einen Toilettenspiegel am Knauf des Geländers aufgehängt und darunter ihre Handtasche gestellt hatte. Sie hatte langes, dunkles Haar und schminkte sich, während ein junger Mann mit Schnurrbart kurz neben ihr stand, dann aber stumm davonging. Nagl hatte dem Portier gesagt, daß sie am nächsten Morgen abreisten, und als der Portier ihn gefragt hatte, wohin, hatte er Rom angegeben. Draußen regnete es in Strömen. Auf der Piazza Dante Alighieri befand sich die Trattoria mit dem großen Ventilatorflügel an der Decke. Nagl war hungrig und hatte im Hotelzimmer eine Lust zu trinken verspürt. Es war noch früh am Abend. Sie waren die einzigen Gäste im Lokal. Nagl trank rasch, aber es fing an, ihn zu stören, daß Anna nicht trank. Er fühlte sich wohl und versuchte in ihr nur das gleiche Wohlbefinden zu wecken, das er empfand; Anna warf ihm jedoch einen mißbilligenden Blick zu, von dem er wußte, daß er dem Trinken galt. Er schwieg und trank weiter. Immer stärker fühlte er, daß Anna ihn um sein Wohlgefühl und sein gutes Gewissen betrog. Beim Essen fing er einen Streit an, fragte Anna nach vergangenen Liebhabern aus und erklärte ihr, welche Fehler er in Zukunft bei Frauen nicht mehr machen würde. Er blieb so lange sitzen, bis er vor Müdigkeit beinahe einschlief. Die Trattoria hatte sich mit Gästen gefüllt, aber es war noch nicht spät. Sie gingen zum Hotel zurück. Wenn Anna ihm fortlief, sollte sie fortlaufen. Auf der Straße vor dem Hotel lag ein eingedrückter roter Pappkoffer, und Nagl sagte, sie solle den Koffer nehmen und gehen. Zuletzt sah er, wie Anna den aufgespannten Schirm zum Trocknen auf den Kasten legte. In der Nacht erwachte er und erblickte den Schirm, der wie ein riesiger, geöffneter Blumenkelch aussah. Er glaubte sich von ihm bedroht, stand auf und räumte ihn weg. Durch die offene Balkontür hörte er es regnen. Erst jetzt bemerkte er, daß er noch angezogen war. Er entkleidete sich und hatte ein Gefühl, als würde er Anna nichts mehr bedeuten.

25

Als er am Morgen erwachte, trank er zwei aufgelöste Alka-Selzer-Tabletten und überlegte sich, wie er mit Anna ein Gespräch beginnen sollte. Er konnte den Ahnungslosen spielen, der sich erst langsam an alles erinnerte, er konnte sie um Verzeihung bitten oder nichts dergleichen tun und auf ihre Vorhaltungen oder ihr gekränktes Gesicht kurze, unwillige Erklärungen geben und auf das ablenken, was gerade wichtig war. Er zog sich an und ging auf die Straße. Dem Hotel gegenüber befand sich ein Fotoatelier, das er vom Fenster aus gesehen hatte, und er betrat es. Ein Mann in einem schwarzen Geschäftsmantel kam ihm entgegen, die Frau saß hinter einem vollgeräumten Schreibtisch. Sie waren sichtlich ohne Auftrag. Eine Brille mit zerbrochenem Glas lag auf dem Pult, quer durch den Raum war eine Schnur mit Wäscheklammern gespannt. Das Kabel des Telefons war kunstvoll verwickelt.

An den Wänden hingen Fotos von Hochzeitspaaren vor Palmen und auf Brücken in gestelzten Haltungen. Es war ein trauriges Geschäft. Nagl verlangte, daß man eine Fotografie von ihm machte, die Frau hielt die Beleuchtungslampe, und der Fotograf kroch geschäftig unter das schwarze Tuch. Nach einer Stunde, in der Nagl im Büro saß, brachte der Fotograf sechs Abzüge, auf denen er unrasiert und abwesend den Betrachter ansah. Die Wartezeit über hatte er den Hoteleingang im Auge behalten, der durch die Auslagenscheibe des Fotografen zu sehen war. Anna war nicht aus dem Hotel gekommen. Er hatte sich gefragt, was ihn an Anna anzog. Sie hatte ihn erregt, das war das Wichtigste gewesen. Ihr Gesicht hatte etwas Unschuldiges, und an dieser Unschuld hatte sich seine Phantasie entzündet. Außerdem hatte sie ihn merken lassen, wie sehr sie ihn liebte. Es war ein kindlicher Trieb gewesen, aber später zweifelte Nagl daran, ob sie nicht auch berechnend gewesen war. Sie hatte seine Gleichgültigkeit und seine absichtliche Distanz hingenommen. Dann wieder hatte sie ihm gezeigt, wie sie litt. Es war sehr überzeugend gewesen, vielleicht hatte es auch gestimmt. Aber während der ganzen Zeit hatte sie heimlich andere Männer gehabt, mit denen sie versucht hatte, sich den Schmerz zu nehmen. Er hatte diesen Grund nicht für sich: Er hatte mit anderen Frauen geschlafen, weil sie ihn erregt hatten oder weil er verliebt gewesen war.

Er hatte manchmal unkontrollierte Überschwänge, aus denen sich für ihn als schwerfälligen Menschen komplizierte Verpflichtungen ergaben. Er wand sich dann in Ausreden und wußte selbst nicht mehr, was er nun aus Verpflichtung und was aus Neigung tat. – Er bezahlte und verlangte ein Kuvert, in das er die Fotografien steckte und das er mit seinem Namen und seiner Adresse beschriftete und in einen Postkasten warf.

Im Hotelzimmer waren die Betten schon abgezogen. Die Handtücher lagen zerknüllt am Boden. Er hörte Anna im Bad. Sie kam heraus und war darauf bedacht, ihm zu zeigen, daß sie gekränkt war. Wenn er sich ihr schuldbewußt fröhlich näherte, würde sie ihn abweisen und die tief Verletzte spielen. Er sagte nichts und trat auf den Balkon. Das Treiben auf der Straße langweilte ihn. Er drehte sich um und sah Anna auf der

Matratze sitzen und vor sich hinstarren. »Wir müssen gehen«, sagte Nagl. »Hast du etwas?«, fragte Anna. »Wenn du willst, daß ich alleine zurückfahre, mußt du es mir sagen.« Nagl blickte wieder auf die Straße. »Du hast gar keinen Grund, mir keine Antwort zu geben«, sagte Anna. Dann warf sie sich ihm plötzlich an den Hals und küßte ihn. Er legte sie über die Matratze, zog sie aus, steckte seinen Schwanz in sie und bewegte sich nur ganz langsam. Ihre Brustwarzen waren rosa und fest, und er leckte mit der Zungenspitze über sie. »Steh auf«, flüsterte er. Sie lehnte sich an den Tisch, beugte sich nach vorne und drückte ihr weißes Gesäß heraus. Es war so fleischig, daß sie die Beine weit spreizen mußte. Sie stand auf den Zehenspitzen, ihre Brüste hingen wippend herunter, und da sie ihren Kopf tief gebeugt hielt, um zwischen ihre Beine sehen zu können, fielen ihre Haare aus dem Nacken und schaukelten mit dem Kopf hin und her. Sie stürzten auf die Matratze, ihr Hintern drängte sich noch immer an ihn, aber ihre Beine waren geschlossen. Ihm fiel ein, daß die Balkontür offen war, doch der Gedanke daran machte ihn nur noch erregter. Er warf einen Blick auf die Zimmertür, und es fiel ihm ein, daß er sie nicht versperrt hatte. Er sagte es ihr, und sie wartete, bis er sie geschlossen hatte und wieder zurückkam. Er lag jetzt zwischen ihren Beinen, die sie um seinen Rücken schlang. Sie fuhr mit einem Finger in ihr Loch und kratzte seinen Schwanz, die andere Hand schlang sie um seinen Hintern und kitzelte ihn. Das Bett quietschte, sie leckten sich in den Ohren und an der Schulter, und als es Anna kam, biß sie in seinen Hals.

Speichel rann aus Annas Mundwinkeln, sein Schwanz war noch in ihr. Anna flüsterte, daß sie ihn liebe, und er flüsterte zurück. Wenn er allein war, sehnte er sich gerade nach diesen Momenten: Mit einer Frau zu schlafen, neben ihr zu liegen, ihre Wärme zu fühlen. Oft hatte er eine Frau umarmt, weil er alleine war, obwohl sie ihm nicht besonders gefallen hatte. Er fühlte, daß sein Schwanz aus ihr glitt. »Wir müssen gehen«, sagte Nagl. »Ein paar Minuten noch«, sagte Anna schläfrig. Sie schlug die Augen auf, gähnte und lächelte.

Die Dämmerung senkte sich auf die weißen Statuen, die grünen Gärten, die Brunnen und die vergoldeten Kirchen. Auf dem Platz vor dem terrassenförmigen, weißen Monument Victor Emmanuel II spazierten Mönche mit Schirmen und nackten Füßen in Sandalen. Daneben standen alte Männer, die Unterschriften für irgendeinen Zweck sammelten. Den ganzen Nachmittag hatten sie sich durch Rom treiben lassen, waren in lindgrünen Doppeldeckerbussen ohne Ziel herumgefahren, an beflaggten Häusern vorbei, von denen Papierbögen »Case Occupate« verkündeten und Plakate »Basta con la rapina delle Immobiliare del Vaticano! Casa per I Lavoratori!« forderten. Eine Weile standen sie überflüssig zwischen den Alten, dann gingen sie zum Sammelplatz für Busse, in die Priester mit breiten Hüten und schwarzen Kleidern stiegen.

Die Bahnfahrt war ermüdend gewesen. Kaum hatten sie ein Abteil betreten, als sie ein kleiner, saure Drops lutschender Araber nach ihrer Nationalität gefragt hatte. Er hatte ihnen Zigaretten angeboten und erzählt, daß er auf einen Freund wartete. Es war ein großer schlanker Algerier mit Sonnenbrille und gekräuseltem Haar, der betrunken gewesen war. Sie waren durch das Grün der Landschaft gefahren, und der Algerier hatte versucht, mit Anna in ein Gespräch zu kommen. Als er begonnen hatte, ihr näherzurücken, hatte sie sich neben Nagl gesetzt, daraufhin hatte der Algerier Nagl auf französisch angesprochen. Mit einer Hand hatte er zwischen seine Beine gegriffen und gelacht. Nagl hatte zum Fenster hinausgesehen. Durch einen Weingarten, dessen Ranken netzartig zwischen Baumstämmen hingen, war ein Bauer mit einem hinkenden Hund gegangen. Später hatte Nagl ein Kind gesehen, das hinter abgewrackten Autobussen seine Notdurft verrichtete. Die ganze Zeit aber überlegte er, was er mit dem Algerier machen sollte. Jedoch nichts Weiteres geschah. Der Algerier war eingeschlafen, und sein Kopf schau-

kelte bei den Rüttelbewegungen des Zuges. In Lattina stieg
ein korpulenter Mann ein, der eine weit auseinandergefaltete
»Corriere della Sera« las, so daß man weder sein noch das
Gesicht des Algeriers erkennen konnte.

Sie hatten eine Pension gefunden, im fünften Stock eines alten
Hauses an der Ecke der Piazza Esquilino zur Via Cavour, mit
Blumentapeten in den Gängen und einem Kasten vor einer
Verbindungstür. Aus dem Fenster sahen sie auf das ver-
blichene Ziegelrot der Dächer. Nagls Bartstoppeln waren
ein paar Tage alt, sein Haar war ungekämmt und der Burberry zerknittert. Sie hatten ihr Gepäck achtlos im Zimmer
liegen gelassen und waren auf die Straße gegangen.

28

In einer kleinen, reich mit Gold und Marmor verzierten
Kirche saßen zwei Nonnen. Sie trugen Brillen und lasen. Ihre
Kleider waren eierschalenfarben, ihre Schleier weiß. Menschen traten durch die Schwenktür, griffen in den Weihwasserkessel, bekreuzigten sich, setzten sich auf einen der Stühle
und verschwanden wieder. Nagl saß schläfrig da und war
verwundert, daß er sich wohl fühlte. Er war vor zehn Jahren
aus der Kirche ausgetreten. Wenn er in großer Not gewesen
war, hatte er an Gott gedacht. Er hatte auch gebetet, wenn
ihm etwas wichtig gewesen war, aber kaum war es vorbei
gewesen, hatte er es vergessen. Manchmal war es seine einzige Hoffnung, daß es einen Gott gäbe. Wenn er vor Schmerzen und Einsamkeit mit Gott gesprochen hatte, hatte er nicht
an ihm gezweifelt. Aber wenn er eintönig dahinlebte, die
Stunden vergingen und er sich nicht spürte, hielt er es nicht
für wahrscheinlich, daß Gott existierte. Manchmal spürte er
jedoch, daß es ihn geben mußte. Alles bekam dadurch einen
flirrenden Sinn, war nicht mehr nur vordergründig, sondern
hing zusammen. Oft hatte er in seinem Winzerhaus mit einem Luftdruckgewehr aus der Dunkelheit des Zimmers auf
Menschen gezielt, auf Hunde, Katzen, Hühner, Krähen. Hin
und wieder hatte er daran gedacht, wirklich abzudrücken. Es
wäre ihm wie eine Erleichterung vorgekommen. In der
Schule hatte er in solchen Augenblicken sinnloser, stummer

Wut die Kinder über ihr Zuhause ausgefragt, um sich zu besänftigen. Er hatte nur selten grundlos das Gefühl gehabt, daß es einen Gott gab. Er war ruhig dagesessen, die Bauern hatten Mais gepflanzt, gemäht, das Gras zum Trocknen aufgehängt, Ribisel geerntet, die Blätter eines Baumes hatten im Sonnenlicht geschimmert, die Kinder waren in der Schule mit verkniffenen Lippen dabeigewesen, einen Buchstaben zu lernen und alles hatte eine Kraft ausgeströmt, die ihm Sicherheit gab.

In einem Winkel saß ein bärtiger Mann, lachte, sprang auf und ging hinaus. Nagl folgte ihm aus Neugierde, er öffnete die Tür, und der Mann hockte auf einer der Stufen und bettelte.

In einem Geschäft gegenüber der Kirche sah er verschiedene Schnapp- und Springmesser. Ohne nachzudenken, kaufte er ein Springmesser mit einem Elfenbeingriff, das er beim Gehen in der Jackentasche mit der Hand befühlte.

29

Schöne Frauen in hellen Lederstiefeln und weichen Pelzmänteln gingen in Parfümwolken eingehüllt an ihnen vorbei. Sie setzten sich in eine Bar, Anna aß und Nagl saß ihr gegenüber. »Willst du nichts essen?« – »Nein.« – »Wenigstens eine Kleinigkeit?« – »Ich habe keinen Hunger.« Ein paarmal nahm Nagl das Springmesser heraus, legte es auf den Tisch und ließ es aufspringen, aber Anna wollte es nicht.

»Du hast mir einmal erzählt, daß du Frauen auf der Straße nachschaust und daran denkst, wie du mit ihnen schläfst«, sagte Anna plötzlich. Er wußte nicht mehr, daß er ihr das erzählt hatte, und sagte nichts. Anna verlangte ein Taxi. Es kam erst nach zwei Stunden, und bis dahin war Nagl betrunken. In der Pension sagte Anna, daß sie müde sei. Ihre Strumpfhose und ihr Büstenhalter hingen über der Sessellehne. Nagl umarmte ihren warmen Körper und küßte sie, aber Anna wollte, daß er sie schlafen ließ.

Am Morgen schob Anna die Decke zurück und nahm sein Glied in den Mund. Er gab vor zu schlafen, er war noch müde, aber es war genußvoll, im Bett zu liegen und Anna aus den blinzelnden Augen anzusehen, wie sie an seinem Glied saugte und erregt war. Anna stand auf, steckte sich die Haare hoch und schminkte sich vor dem Spiegel. Die ungewohnt hochgesteckten Haare fielen ihr langsam in das Gesicht. Sie hockte sich über das Bidet und begann sich zu waschen. Nagl sah ihre schöne Hand mit den rotlackierten Fingernägeln die Schamlippen reiben und über die Innenseite der Oberschenkel streichen. Ihr Gesicht bot den Anblick unbeobachteter Freude. Nagl stand auf und stellte sich vor sie und ließ sich sein Glied einseifen. Sie tat es mit abwesendem Gesicht, geschlossenen Augen und erregter Zartheit. Er wusch sein steifes Glied mit kaltem Wasser und setzte sich auf einen Stuhl vor das Bidet. Er hatte einen Drang zu urinieren, spürte aber nur einen brennenden Krampf, als er es versuchte. Er schloß seine Augen, dachte an etwas anderes, aber es ging nicht. Daraufhin fuhr er mit einem Finger in ihre Spalte, wartete und bemerkte dabei, daß auch sie wartete. In schmerzhaften Wellen pißte er auf einmal, er spürte wie sein Urin ihre Schamlippen traf, wie er in ihre Spalte pißte, und plötzlich spürte er, daß auch sie pißte. Sie saß auf dem Bidet mit gespreizten Beinen, ihre Knie berührten sich, und sie lehnte sich nach hinten. Er wartete, bis sie geendet hatte, hob sie auf das Bett und legte sich neben sie, daß ihre Beine über seinen Oberschenkeln lagen und sein Schwanz in ihr verschwand. Sie begann ihren Kitzler zu reiben, und Nagl erzählte ihr, wie er mit einer Frau in einem Auto geschlafen hatte, wie er seinen Schwanz in sie gesteckt, ihn wieder herausgezogen und sie geleckt hatte. In diesem Augenblick stöhnte Anna so laut, daß er ihr den Mund zuhalten mußte. Sie setzte sich auf und leckte seine Brustwarzen. Er saß mit steifem Schwanz vor ihr und sah ihr schönes Gesicht und die kleine Zunge, die schnell über seine Warzen leckte, dann verlangte sie von ihm, daß er sich auf den Bauch legte. Sie leckte seine Hüften, und die Haare an seinen Armen stellten sich auf, dann leckte sie seinen Rücken bis zum Nacken, von dort über die Schultern und unter dem Arm. Der Schweiß lief ihm in einzelnen Tropfen über das Gesicht. Ihm war vom Trinken übel und er lag nackt und unbewegt da, mit geschlossenen Augen.

31

Im ersten Stock des lindgrünen Doppeldeckerbusses wurde ihm übel, er mußte aussteigen und an der frischen Luft auf den nächsten warten. Auch im folgenden Bus wurde ihm übel, er konnte nur mühsam atmen, unter seinem Brustbein schmerzte es ihn und sein Hals schien von einer unsichtbaren Kraft zusammengedrückt. Es war dieselbe Beklemmung, wie er sie in der Eisenbahn empfunden hatte, als er erwacht war und den Mann gesehen hatte. Er setzte sich mit Anna auf dem riesigen, kreisförmigen Petersplatz vor eine Säule. Ein Stück weiter saß ein Mann mit einem hellen Hut und schwarzem Band, schwarzer Hornbrille und einem zusammenlegbaren Schirm und musterte ihn interessiert. Nagl war bleich, er holte tief Luft, erhob sich und sah, wie mächtig der tintenfarbene Himmel über ihnen war. Es waren schwere Regenwolken, die, je weiter man blickte, um so schwärzer wurden. Sie flogen nicht in einer Ebene, sondern gingen wie schwerfälliger Rauch ineinander über. Auf den Zinnen der Gebäude hoben sich Heiligenstatuen weiß wie Lichterscheinungen gegen den dunklen Himmel ab. Sie standen nebeneinander, und Nagl mußte, um sie zu sehen, den Kopf heben. Er dachte an das Begräbnis des Tierarztes und an die Kinder, die wie Hypnotisierte geschaut hatten. Die Kinder wußten viel, dachte er. Sie sahen, wie Tiere getötet wurden, weil man Nahrung brauchte, sie arbeiteten zu Hause, am Hof, auf den Feldern, sie sahen wie ein Unwetter alle Mühen zunichte machte, sie sahen Menschen sterben und schliefen mit den Toten im selben Haus. Wenn es warm war, rann den Toten das Blut aus der Nase, Fliegen liefen über die wächsernen Gesichter der alten Großmütter und -väter. Draußen ging die Arbeit weiter. Die Väter kamen betrunken nach Hause, man hörte, wenn sie mit den Müttern in einem Bett lagen. Und er mußte so tun, als wüßte er das nicht, als ginge ihn das nichts an, er mußte eine Normalität vertreten, die es gar nicht gab.

Er mußte so tun, als gäbe es nur diese nicht existierende Normalität.

Anna streichelte ihm über das Haar, und er griff nach ihrer Hand. Auch wenn er den Eindruck hatte, daß nichts mit ihm etwas zu tun hatte, so spürte er doch, wie reich das Leben war. Ihm fiel ein, wie er in Neapel am Frachthafen auf einem Stuhl gesessen war mit geschwollener Nase und voll Zorn. Er griff nach der Nase und fühlte noch immer einen Schmerz.

32

Der Dom machte auf ihn einen so gewaltigen Eindruck, daß er von seinem Körper abgelenkt wurde. Die Wände und Verzierungen waren aus schwarzem, grünem, gelbem und grauem Marmor voll goldener Mosaike und Stukkaturen. Anstelle des Himmels leuchtete eine goldene Decke, und ganz weit vorne stand inmitten vierer mächtiger Säulen ein Altar. Nagl trat in eine Seitenkapelle, und da lag in einem gläsernen Sarg der flache, goldüberzogene Leichnam eines Papstes, er trug roten Samt und schien zu atmen. Es war der gewöhnlichste Gedanke, der ihm durch den Kopf ging. Anna bestaunte den toten Papst, aber Nagl fühlte seine eigene Vergänglichkeit so stark, daß er nicht weitergehen konnte. Die Welt fiel ihm ein, wie sie sich saphirblau und leuchtend im Raum drehte, der Krater des Vesuv, in den er geblickt hatte wie auf ein fremdes Gestirn, Anna, wie sie auf dem Bidet gesessen und sich eingeseift hatte, und der Gendarm, wie er sich in die Hand geschossen hatte. Er fühlte jetzt wieder all das, was er empfunden hatte, als er mit Anna im Zug gesessen war und an das Ende der Erde gedacht hatte, als ihn die Erinnerung gequält und die Gegenwart bedrückt hatte. Und dann, in der Nacht, war der fremde Mann zu ihm in das Abteil gekommen und hatte seine Jackentasche durchsucht, ohne daß er etwas an sich genommen hatte. Anna war weitergegangen und hatte sich in einen Beichtstuhl gekniet. Er wunderte sich, was sie beichten wollte. Das Leben schien ihm so voller Leiden, daß es mühevoll war, es überhaupt zu leben, ohne daß man sich selbst aufgab. Ein Stück weiter sah er Papst Iosophat in einem Glasschrein liegen, sein Schädel war bis auf die Knochen verwest, und das Gesicht von einem Netz verdeckt, durch das er die Form des Totenschädels sah. Aber vorne, am Altar, leuchtete ein honigfarbenes Fenster mit einer weißen Taube, wie um seine Betroffenheit zu mildern.

33

Er ging durch den marmorschimmernden Dom, goldene Blätter und Blumen verzierten die Bronzesäulen des großen Altars, und die Kuppel über dem roten Baldachin schien ein riesiges Fenster in das violette All zu sein. Nagl sah an goldenen Sternen vorbei immer weiter, in schwindelerregende Höhen.

Er stieg zum Dach des Petersdomes hinauf und war dort den Regenwolken so nahe, daß er glaubte, sie berühren zu können. Die Sonne schien und beleuchtete die riesigen Heiligen, zwischen denen er jetzt auf die Stadt hinunterblickte. Die Wendeltreppe zur Kuppel war schmal, und die rostfarbenen Wände waren mit Namen bekritzelt. Durch eine Öffnung traten sie auf einen Balkon, der im Inneren rund um die Kuppel lief. Die Menschen unter ihnen sahen so klein aus, daß Nagl schwindlig wurde. Er machte einen Schritt zurück, berührte mit seinen Händen die goldenen und blauen Mosaiksteine, die von unten so wunderbar geleuchtet hatten, und ging wieder zur Stiege hinaus. Seine Beine schmerzten ihn, als er um die kugelförmige Kuppel stieg, dann traten sie ins Freie, die Regenwolken lagen unter ihnen, und sie sahen durch die Regenwolken die weißen Heiligenfiguren.

34

Nagl war erschöpft und fühlte sich krank. Er dachte daran, wie es wäre, wenn er zurückkäme. Er konnte diesen Gedanken nur von sich schieben, ohne eine Lösung zu finden. Er wollte sich treiben lassen, aber es gelang ihm nicht. Ihm fiel ein, wie dumm er sich als Kind in der Schule vorgekommen war. Er hatte rechnen gelernt wie eine Maschine, er hatte geschrieben wie eine Maschine, ohne zu wissen wofür. Er hatte nur einen unausweichlichen Zwang gefühlt, eine Ausweglosigkeit, vor der er verstummt war. »Es hat keinen Sinn«, hatte er oft gedacht, wenn er aufgegeben hatte, als ob das, was nachher kam, mehr Sinn gehabt hätte. Er hatte die Kinder zur Unauffälligkeit und zum Schweigen erzogen, weil er glaubte, daß es das Beste für sie war. Natürlich mußten die Kinder fröhlich sein. In Wahrheit hatten sie gelernt, sich anzupassen und zu verstellen, sie hatten Verheimlichen gelernt und sich in Szene zu setzen. Die es nicht gelernt hatten, waren zurückgeblieben. – Zwei mit weiß-roten Kleidern angezogene Ministranten mit einem Weihwasserkessel hoben die Kleider, als sie die Treppen zum Petersdom hinaufgingen, wie keusche Frauen. Nagl sah ihnen nach. Es fehlte ihm etwas, aber er hatte nie darüber gesprochen. Auch die anderen klagten nicht. Anna war vorausgegangen und hatte sich bei einem Straßenverkäufer Eis gekauft, mit dem sie lachend auf ihn zukam.

35

Von weitem sahen sie die Steinengel auf der Engelsbrücke, es war Mittag und das Licht spiegelte sich auf dem braunen, zäh dahinfließenden Tiber. Vor der Engelsbrücke lag ein halbzerfallenes Schiff mit einem Holzhaus und einer Veranda. Über dem mit vielen Wirbeln dahinfließenden Fluß erhoben sich die Engel weiß und schön, mit großen Flügeln und faltigen Gewändern, wie Wesen eines eisigen, lichtdurchfluteten Planeten. Im harten Sonnenlicht, das durch die Regenwolken drang, war es, als strahlte von ihnen ein fernes Nordlicht aus, das dem Wasser unter ihnen einen silbernen Schimmer gab. Nagl ging zum Fluß hinunter, und von dort aus zeigten ihm die Engel den Rücken.
Anna saß auf einer Stufe und streckte ihre schmerzenden Beine von sich. Auch Nagls Beine schmerzten, er war voll Erdenschwere, und die Geschichte fiel ihm ein, die sein Großvater vom Tod seines Bruder erzählt hatte. Er war an den Fraisen gestorben. Zwei Tage war er in einem leergeräumten Zimmer mit geschrubbtem Bretterboden aufgebahrt gele-

gen, die Sonne hatte durch das Fenster auf ihn geschienen, und sein Gesicht hatte fremd ausgesehen. Die Mutter hatte ihm ein Bild mit einem Engel gezeigt und gesagt, daß sein Bruder ein Engel geworden sei. Nach zwei Tagen hatten sie den Bruder in einen Sarg gelegt und waren mit ihm auf den Bosporus hinausgefahren, nach Büjükdere. Auf dem Bosporus fuhren immer große Schiffe, riesige Dampfer, hinter denen Wellen an das Haus schlugen. Der Vater war, nachdem er zurückgekehrt war, vor dem Haus gesessen, bis es dunkel geworden war, und die Geschwister hatten geflüstert. Am nächsten Abend hatte es an die großen Fensterläden geschlagen. Er hatte sie geschlossen, da er gedacht hatte, jemand aus dem Haus riefe nach ihm und das Rauschen des Meeres würde es übertönen, und da war etwas vom Fenster weggeflogen. Er hatte nachgeschaut, aber nichts mehr gesehen. Wahrscheinlich war es eine Möwe gewesen, hatte er später gedacht. Aber damals hatte er gedacht, daß es sein Bruder gewesen sei.

36

Sie hatten sich auf eine Bank am Fluß unter kahle Bäume gesetzt. Er war müde und dachte an die Toten. Um Arbeit zu finden, war der Urgroßvater nach Wies gewandert, von Köflach nach Vordersdorf, von Voitsberg nach Moosbrunn, von dort nach Reifnig. In Köflach hatte er eine Frau aus Schneegattern in Oberösterreich geheiratet. Die Hochzeit war eine neue Hoffnung, ein kurzes Auftauchen aus der Bewußtlosigkeit gewesen. Am Ende des Sommers war er nach Piran gezogen und dann weiter nach Stambul, um in einer italienischen Fabrik als Glasbläser zu arbeiten. Das Leben war die Arbeit gewesen. Der Großvater war am Bosporus zur Welt gekommen, auf der kleinasiatischen Seite, und hatte, ohne es zu wissen, immer nach Europa geschaut.

Wenn er auf den Bosporus hinausblickte, glaubte er, die ganze Welt zu sehen. Alles war in ihm enthalten, sichtbar und verborgen. Riesige Schiffe zogen vorüber mit fremden Menschen, und vor dem Haus wurden Fische und Muscheln angeschwemmt. Auch das Wissen der Menschen schien aus dem Bosporus zu kommen. Manchmal hatte die Mutter ihn zu einem Glasschleifer geschickt, der die Kinder unterrichtete, er hatte zum Fenster auf den Bosporus hinausgeschaut, und da er nichts verstanden hatte, hatte für den Großvater ein merkwürdiger Zusammenhang zwischen den Ziffern und Buchstaben, die auf der Schultafel auftauchten, und dem Bosporus bestanden. Dann hatte der Urgroßvater zurück in die Welt gewollt. Die Welt war zuerst die Fremde, dann war es die österreichische Monarchie gewesen. Er hatte keine Zeit. Er suchte die Hoffnung wie eine untreue Geliebte, der er verfallen war und die ihn ununterbrochen betrog und verließ. In Triest war es kalt. Die neue Hoffnung, das Leben, die Welt waren für den Großvater Eindrücke von Kälte. Von den Schiffen hingen Eiszapfen. Zum ersten Mal sah er Schnee. Die Wohnung war feucht und dunkel, nur die Schiffe am Hafen waren Boten der Hoffnung. Der Urgroßvater zog nach Reifnig und, da er seine Familie dort nicht erhalten konnte, nach Vordersdorf, nach Köflach, zurück nach Moosbrunn, dann wieder nach Osredek und Salgotarjan. Wie merkwürdig es für Nagl war, hier zu sitzen am Tiber und an die Lebensgeschichte von Toten zu denken. In der Ferne sah er die Engel jetzt wie dunkle Schatten vor der Sonne. Das Merkwürdige war, daß die steinernen Engel wirklicher waren als das, woran er dachte. Es war vergangen, als hätte es nie existiert. Mit den Toten waren die Leiden vergangen, und die Menschen hatten gelebt, indem sie sich mit ihrem Leben abgefunden hatten.

37

Der Druck war von seiner Brust verschwunden, und als sie an einem Geschäft für Priesterkleider vorbeikamen, erinnerte er sich, daß sie Annas Witwenhut in Neapel zurückgelassen hatten. Im Geschäft hingen Soutanen auf Kleiderständern, Priesterhüte und Bischofsmützen. Der Besitzer kam wortlos heraus und zeigte mit einem Finger zum Himmel. Unwillkürlich blickte Nagl auf, und da zog ein endloser Schwarm von Tausenden und aber Tausenden Singvögeln über die

Häuser. Der Mann, der aus dem Geschäft getreten war, war hager, groß und gekrümmt und hielt eine Soutane, an der er arbeitete, über dem Arm. Er rückte sich die Brille zurecht und starrte minutenlang zu den Vögeln hinauf, die wie ein Heuschreckenschwarm über die Stadt flogen. Wenn Nagl seinen Blick abwandte, hob der hagere Mann wieder seinen Finger. Man hörte nicht das Flügelschlagen der Vögel und nicht ihre Stimmen, so hoch flogen sie. Hinter den Häusern, wo die Regenwolken tiefer waren, verschwanden sie, und der Mann mit der Soutane nickte und zog sich wieder in das Geschäft zurück. Auf der Piazza Navona schrien Kinder zwischen den teefarbenen, olivgrünen und jodbraunen Häusern und den weißen Springbrunnen. Ein hübsches Mädchen in einem gelben Kleid mit einem Blumenhut saß im Freien vor einem Café zwischen gaffenden Menschen und den Kaffee und Schnäpse auf Tabletts jonglierenden Kellnern. Es war wie im Frühling. Sie saßen da, bis es dunkel wurde. Nagl spürte eine vertraute Erregung, als Anna begann ihm obszön ins Ohr zu flüstern. Sie hatte ihm von einem Liebhaber erzählt, der von ihr verlangt hatte, obszöne Wörter zu sagen. Während er mit ihr geschlafen hatte, hatte er ihr die Wörter vorgesagt, und sie hatte sie nachgesprochen, bis sie keine Scheu mehr davor gehabt hatte. Sie hatte Nagl oft von ihm erzählt, und anfangs hatte es ihm weh getan, aber dann hatte er, wenn er mit ihr schlief, verlangt, daß sie von ihm erzählte. Nagl schwieg und lächelte. Im Hotelzimmer setzte er Anna mit dem Rücken zu sich und ließ sie auf seinem Schwanz auf- und abwippen. Er sah ihre Beine neben seinen Schenkeln bis zu ihren Schuhen. Das Kleid rutschte über ihren Hintern, und er rollte es hoch und steckte es in den Stoffgürtel. Er öffnete ihre Bluse und zog an den Brustwarzen. Von der Seite sahen die Brüste weiß und seltsam deformiert aus. Sie kratzte seine Schenkel, hielt sich an seinen Knien fest und beugte sich vor, um seinen Schwanz in ihrem Loch verschwinden zu sehen. Nagl griff in ihr schönes Haar, drückte sie langsam von sich weg, stellte sich über sie und schob ihr seinen Schwanz in den Mund. Wenn er sich nach rückwärts beugte, konnte er sehen, wie sie ihren Kitzler rieb, von vorne sah er, wie sein Schwanz in ihrem Mund aus- und einfuhr. Gleich darauf kam es ihr, ihr Gesicht war schmerzhaft verzerrt, ihre Augen waren geschlossen und sie spreizte die Beine in die Luft. Im Bett leckten sie ihre Zungen. Er hatte einen Finger in ihren Hintern geschoben, und sie warf den Kopf hin und her. Kurze Zeit später klopfte es an der Wand. Nagl mußte ihr den Mund zuhalten, sie lauschten, aber es blieb still. Er legte Annas Kopf auf seine Schulter, schaute die Decke an, und Anna hielt sich zärtlich an ihm fest.

Wenn sie schliefen, drängte sich Anna immer an ihn, weckte er sie dann auf, so drehte sie sich zur Seite, um sich sofort wieder an ihn zu schmiegen. Auf einmal – er wußte nicht wie und warum – weinte er. Sein Gesicht verzerrte sich, und Tränen liefen über seine Wangen. Er weinte ganz still, nur ab und zu entkam ein Laut seiner Brust. Er hatte jetzt ein so starkes Gefühl des Abschieds, er dachte, er würde die Kinder in der Schule nie mehr sehen. Auch Anna würde ihn verlassen. Es war ihm wie im Zug, als er gefühlt hatte, daß er aus der Welt gefallen war. Die Erde im All war kein Trost. Nur die überwundene Verzweiflung in der Vergangenheit tröstete ihn. Er würde wieder leben und vergessen, manchmal würde er zurückdenken, aber die Erinnerung würde ihn nicht schmerzen.

38

Nagl erwachte am Morgen, weil auf der Straße laut geschrien wurde. Während er zum Fenster ging, fiel ihm ein, daß er in der Nacht geweint hatte, und er wusch sich das Gesicht. In der Mitte der Straße hockte eine junge Frau. Sie hatte einen Mantelzipfel im Mund und schrie. Mit ihren Händen hatte sie ihr Kleid hochgehoben und die Unterhose zum Bauch gezerrt, so daß es aussah, als wäre sie nackt und verrichtete ihre Not. Die Passanten beachteten sie nicht, nur die Autos fuhren langsamer. Polizisten liefen über die Straße und führten die Frau zu einem Jeep. Als Nagl den Vorhang fallen ließ, stand Anna neben ihm. Die Sonne fiel durch die Vorhänge in das Zimmer, und plötzlich fragte sie ihn, ob er in der Nacht geweint habe. »Mir war so, als ob du geweint hättest«, sagte sie. »Ich war müde, ich habe fast schon geschlafen und da habe ich ein Geräusch gehört, als ob jemand weinte. Aber ich war zu kraftlos, um wach zu werden.« – »Vielleicht habe ich geträumt«, antwortete Nagl.

39

Er fühlte sich müde, war gleichgültig und überließ alles Anna. Sie spazierten in den Parks der Villa Borghese, zuerst über die Piazza del Popolo mit den liegenden Sphinxen und weißen Statuen, dann an Steinlöwen und grünen Bäumen vorbei zu einem Platz, der im hellen Vormittagslicht umsäumt von Pinien und Palmen dalag. Kinder liefen über den Kies, fuhren Karussell, und ihre Großväter standen mit Hüten und Brillen neben den an der Sonne oder unter rosa blühenden Bäumen abgestellten Kinderwagen. Nach einer Weile gingen sie eine Allee mit elefantengraugefleckten Bäumen hinunter, zwischen denen weiße Büsten und grüne Bänke standen. Auf einem Steinlöwen saßen Kinder und griffen in das geöffnete Maul, die Nasenlöcher und die Ohren. Scheißende Pferde mit gelangweilt schauenden Reitern überholten sie auf der Straße.

Zu Mittag saßen sie in der Glasveranda des Cafés »Doney« inmitten verwaister blauer Stühle. Auf dem pfirsichfarbenen Tischtuch standen die Aperitifs mit Eiswürfeln. Nagl dachte daran, daß Winter war. Die Glasveranden auf der Via Veneto waren leer. Zum ersten Mal empfand Nagl das Gefühl, Zeit zu haben. Er nahm sich vor, weiterzureisen. Er wußte nicht, wohin er reisen würde. Er überlegte, nach Sizilien zu fahren, nach Catania oder Messina. Dann hatte er die Idee, nach Florenz zu fahren oder nach Venedig. Im Grunde war es egal, wohin er fuhr.

An den Blumenständen blühten Anemonen, Gladiolen, Tulpen und Rosen. Anna stand vor einem Handschuhgeschäft und betrachtete die roten, dunkelblauen, schwarzen und weißen Handschuhe aus Wild- und Glattleder mit eingearbeiteten Mustern. Im Vorraum einer kleinen Kirche nähte eine schwarzgekleidete Nonne auf einer Bank ein gestreiftes Krankenhemd. Von kleinen Seitenkapellen leuchtete das Sonnenlicht auf goldene und blaue Wandbilder. Nagl entzündete eine Kerze für die Toten, an die er gedacht hatte. Viele hatte er noch gekannt. Eine schwarzhaarige Großtante, die bei Heimatabenden gejodelt hatte. Einmal hatte sie im Radio gejodelt, und die Geschwister hatten voll Bewunderung über sie gesprochen. Nagl hatte ein Bild gesehen, auf dem sie im Trachtengewand mit einer Heimatgruppe posierte, sie hatte künstliche Edelweiße in das Haar geflochten und saß neben einem tiefernst in die Kamera blickenden Zitherspieler. Und einen Bruder, der bis zu seinem fünfundsiebzigsten Jahr Flaschen geblasen hatte, der langsam gesprochen und ihm ein Fahrrad vererbt hatte. Er hatte kräftige Arme gehabt und war ein ernster Mensch gewesen, der bei Begräbnissen Trauerchoräle sang. Wenn er vom Tod seines Vaters sprach, kamen ihm die Tränen. Am grauen Star war er fast vollständig erblindet, aber er mußte bis zuletzt Hilfsarbeiten in der Glasfabrik verrichten. Er war an Tuberkulose gestorben, und der Arzt hatte Auszehrung als Befund in den Totenschein geschrieben. In dieser Zeit war der Großvater selbst der Arbeit nachgegangen. Von Graz nach Vösendorf, von Vösendorf nach Meißen, von Meißen nach Torgau, weiter nach Frankfurt an der Oder, Fürstenwalde und Berlin. In den Herbergen entlauste man ihn und kontrollierte das Arbeitsbuch. Er zog weiter, von Berlin nach Dresden, von Dresden nach Aussig, von Aussig nach Prag und Brünn, dann wieder nach Hause, nach Grafenschlag-Ottenschlag und Mariazell. 1910 hatte er dann den Entschluß gefaßt, nach Amerika auszuwandern.

Sie fanden nicht sofort aus der Kirche, da der Haupteingang versperrt war. Sie versuchten verschiedene Türen, bis sie draußen im Tageslicht standen, zwischen ocker- und tabakfarbenen Häusern auf einer weißen Steinstufe. Ein Dalmatinerhund lag schläfrig vor der Kirche. Eine Frau stand daneben und sprach mit ihm, aber der Hund rührte sich nicht. Anna wollte den Hund streicheln und mit der Frau sprechen, aber Nagl mochte nicht stehen bleiben. Sie gingen in das Hotelzimmer zurück und verschliefen den restlichen Tag.

Es war sechs Uhr, als Nagl erwachte. Er schaute aus dem Fenster: Unter ihm lag die Via Cavour, die Straße war abgesperrt, und vom Bahnhof her bewegte sich eine Demonstration zur inneren Stadt. Anna wollte auf die Straße gehen, und sie fuhren im Lift mit einem verschreckten Kellner, der gerade Kaffee in ein Büro servierte. Nagl sah sich im Spiegel, er erblickte sein unrasiertes Gesicht, die wirren Haare, den schmierigen Mantel. Auf der Straße zogen Menschenmassen vorbei. Polizisten mit Schlagstöcken, Stahlhelmen und Schilden standen gleichmütig herum. Plötzlich flog ein Pflasterstein, kollerte unter die Räder eines Bereitschaftsbusses und blieb liegen. Wie auf ein Zeichen stürzten die Polizisten auf die Demonstranten los, während von verschiedenen Seiten Pflastersteine flogen und Tränengas sich über der Fahrbahn ausbreitete. Die Demonstranten hatten sich auf die Gehsteige, hinter Bäume und in Nebenstraßen zurückgezogen, und Nagl glaubte, daß sich die Versammlung aufzulösen begänne, als ein Personenauto in Flammen aufging und Schüsse fielen. Im selben Augenblick sah er, wie eine junge Frau an ihnen vorbeigetragen wurde. Sie war blond und achtzehn oder neunzehn Jahre alt. Ihre Augen waren geöffnet und schwarzes Blut stand in ihrem Mund. Als die Männer, die sie getragen hatten, sie fallen ließen, breitete sich eine Lache Blut vor ihrem Mund aus. Einer der jungen Männer sprach sie an, Nagl verstand ihn nicht, aber schließlich begriff er, daß er sich verstecken wollte. Sie nahmen den Lift zur Pension. Von dort blickten sie auf die Straße: Das Mädchen lag in einer großen Blutlache, und ein Polizeibeamter und ein Sanitäter knieten neben ihr. Das Auto brannte, vereinzelte Menschen liefen über die Fahrbahn, warfen Pflastersteine und wurden mit Gummiknüppeln niedergeprügelt. Sie sahen von oben klein aus und als hätten sie keine Angst. Langsam zogen sie sich, verfolgt von der Polizei, zurück. Die junge Frau lag noch immer vor dem Haus. Die Blutlache war schwarz, ihre Arme waren merkwürdig abgewinkelt. Ein Polizist deckte sie jetzt mit Packpapier, das er mit Pflastersteinen beschwerte, zu. Nagl hatte einmal einen Mann auf der Straße sterben gesehen. Er war von einem Auto angefahren worden, ein Stück durch die Luft geflogen und mit gebrochenem Genick liegen geblieben. Er war etwa sechzig Jahre alt gewesen, ein glatzköpfiger Mann mit einer Brille. Die Brille war zerbrochen auf dem Gehsteig gelegen, sein Kopf war klein und blutig von ihm weggehangen, wie der Kopf eines toten Huhnes, und schwarzes Blut hatte sich um ihn ausgebreitet.

Der Mann im Zimmer war groß und dunkelhaarig, sein Gesicht war blaß, und er schwitzte. Er sprach gebrochen Deutsch. Nagl sah mit ihm zu dem toten Mädchen hinunter. Aus dem Auto quoll Rauch, die Fahrbahn war mit Pflastersteinen übersät und der Mann schaute, was sie mit dem Mädchen machten. »Sie ist plötzlich auf der Straße gelegen«, sagte er. Gleich darauf fiel ihm ein, daß er sich in einem fremden Zimmer befand, und er gab Nagl und Anna die Hand. Er sagte, daß er Zoologie und Botanik studiere, aber es klang, als bedeute es ihm nichts.

41

Nagl schaute noch immer zwischen den Vorhängen auf das mit Papier zugedeckte tote Mädchen: Er erinnerte sich an die Frau, die am Vormittag auf der Straße geschrien hatte, und an die Vögel, die über die Dächer geflogen waren.

Amerika war der Traum des Großvaters gewesen, die Flucht aus der Selbstzerstörung, aus der Sinnlosigkeit, sich nur von einem Tag auf den anderen über Wasser halten zu können. Amerika war der vermeintliche Friede gewesen. Er hatte sich ein Bild von einem neuen Leben in Amerika gemacht, an das er immer gedacht hatte: Die Sonne stand auf einem riesigen Himmel, unter dem er klein dahinging. Diesem Bild reiste er nach. In Amerika würde es gute Arbeit geben. Er dachte nicht daran, reich zu werden, aber vor lauter Arbeit hatte er nichts mehr wahrgenommen. Er hatte gearbeitet, gegessen, geschlafen, manchmal, an Sonntagvormittagen, hatte er getanzt. Vielleicht dachte Nagl wegen der Amerika-Reise so sehr an den Großvater. Plötzlich war er aufgebrochen. Er hatte alles verkauft, was er besessen hatte, um mit der Eisenbahn nach Bremerhaven zu fahren. Da waren wieder die Schiffe gewesen und die fremden Menschen wie am Bosporus. Er hatte kein Geld in der Tasche gehabt. In einem Rucksack hatte er Tabak, ein Hemd, Unterhosen, einen Kamm, ein Taschenmesser und eine Fotografie, die ihn mit einem Walzbruder zeigte: Der Großvater saß da, glattrasiert mit fleischigem Gesicht und einer Kappe, eine Blume im Knopfloch, der andere trug einen dunklen Schlapphut und hatte eine Kette aus silbernen Münzen um den Bauch. Bei Nacht hatte er sich im Kohlenbunker der »Martha Blumenfeld« versteckt, die nach Amerika auslief. Er lag in der stickigen Schwärze und wartete. Er mußte darauf achten, rechtzeitig aus dem Bunker zu kommen, um bei Seegang nicht von den Kohlen verschüttet zu werden. Klein lag er zwischen den Kohlenhalden. Aber die »Martha Blumenfeld« lief nach Cardiff aus, und in der Prärie ging die Sonne unter, ohne daß der Großvater sie jemals gesehen hatte.

In der Nacht träumte Nagl, daß er als Kind auf das Meer hinausschwamm. Das Meer war weit und endlos. Er spürte, wie ihm kalt wurde, aber er schwamm auf ein großes Schiff zu. Je näher er kam, desto unheimlicher wurde es ihm. Das Schiff lag tief im Meer. Unter der Wasseroberfläche war es von Algen grün und über dem Wasser hob es sich so mächtig zum Himmel, daß ihn schauderte. Anna erwachte, drehte das Licht an, und Nagl sah sie mit blinzelnden Augen über dem Bidet hocken und pissen. Sie saß im schmutziggelben Licht mit ihrem weißen Körper, dem dunklen Schamhaar, ihren Mädchenbrüsten und den schönen langen Haaren auf dem Bidet aus Porzellan, und er hörte das Pißgeräusch. Später träumte er wirr, und am Morgen, erleichtert über das Tageslicht, umarmte er Anna, die sich an ihn gedrängt und deren warmen, weichen Körper er schon einige Zeit gespürt hatte. Sie sprachen nichts, sondern drückten und streichelten sich nur.

Die Via Cavour war freigeräumt von Pflastersteinen, Flugzetteln und Transparenten. Dort, wo das tote Mädchen gelegen war, sah er Sägemehl. Das ausgebrannte Autowrack war an den Rand gezogen worden, auf dem Asphalt befand sich jedoch ein großer schwarzer Fleck. Er hörte Glocken läuten, es war Sonntag. Vor dem Petersdom flanierten Matrosen, Polizisten und Militärs. In der Kirche war Ruhe, als sei nichts geschehen. Sie blickten in eine Seitenkapelle, da saßen glatzköpfige Priester in weißen und schwarzen Spitzengewändern und sangen weltabgewandt. – Ein Greis kam auf sie zu mit einem tappenden Stock und einem Hut in der Hand. Er preßte die Hand mit dem Hut und dem Stock an sich und hielt Nagl die andere geöffnet hin. Er sah sie nicht an, war nur stehengeblieben, ohne sich zu rühren, ohne zu sprechen. Nagl gab ihm Geld, der Greis blickte ihm in die Augen und ging tappend davon. Nagl dachte an den brausenden Zug, den Schlafwagen und dem Mann im Abteil. Es war ihm, als folgte er ihm die ganze Reise über. Erst draußen im Freien konnte er an etwas anderes denken. Die Heiligenstatuen auf den Zinnen interessierten ihn nicht mehr. Die Nonnen und Priester störten ihn. Sie schienen ihm alles nur zu verdecken. Ein starker Wind wehte und es war kalt. Aus einem Fenster des Seitentraktes, weit weg von den Menschen, erschien der Papst. Eine dunkelrote Fahne wehte unter dem Fenster, wurde vom Wind herumgezerrt und verwickelte sich in den Fensterläden. Der Papst sprach im klagenden Ton eines greisen, traurigen Mannes. Er hatte in seinem weißen Gewand und dem weißen Käppchen die Arme weit ausgebreitet und segnete die Menschen unter ihm, dann verschwand er langsam und schwerfällig in seinem Zimmer, und ein Priester zerrte lange an der Fahne, bis er sie hinter das Fenster ziehen konnte.

In einem kalten, hellerleuchteten Restaurant, das aussah wie ein Eissalon, schnitt eine junge Frau aus Teigblättern Nudeln. Sie sahen der Frau zu und warteten, bis sie bedient wurden. Die Frau walkte Teigblätter so groß wie ein Tischtuch, schüttete Mehl darüber und walkte weiter. Das Personal aß stumm und ernst am Nebentisch. Auf einer langen Tafel sah Nagl die

Fleisch-, Fisch- und Gemüsegerichte. Wein wurde ihnen serviert, und Nagl trank so hastig, daß er beim Einschenken daneben schüttete. Der Fleck auf dem Tischtuch kam ihm jedoch schön vor, er war blaßrot, wie ein roter Tintenfleck in einem Schulheft. Je mehr Nagl trank, desto schwermütiger wurde er. Er dachte an die Abreise und begann vom Abschied zu sprechen. Anna weinte plötzlich. Tränen liefen über ihre Wangen, sie war still und verzog ihr Gesicht nicht. Sie hatte, statt Wein zu trinken, Eis bestellt und weigerte sich nun, es weiter zu essen. Nagl nahm das Eis, aß es, und Anna hielt eine Hand vor ihr Gesicht. Er wurde auf einmal wütend und machte abfällige Bemerkungen, aber sie weinte weiter, bis er verstummte. Der Kellner kam und stellte einen Teller Spaghetti auf den Tisch. Der Kellner tat, als bemerkte er nichts, aber sie saßen direkt an der Wand vor einem Spiegel, in dem sie von allen gesehen werden konnten. Ein Kind lachte am Nebentisch so laut, daß die Gäste an den anderen Tischen mitlachten. Es ging auf die Toilette und man hörte es dort weiterlachen. Als es zurückkam, drehte es eine Flasche um und deckte den Limonadenfleck mit einem Berg von Servietten zu. Sie tranken still, und Anna lachte über das Kind, dann war sie wieder ernst. Auch das Kind war immer sofort ernst, nachdem es laut gelacht hatte. Die Gäste schauten jetzt offen zu ihnen, Nagl wollte mit Anna sprechen, aber sie drohte ihm weiterzuweinen, wenn er nicht aufhörte, auf sie einzureden. Sie sagte, sie könne nicht anders als weinen, wenn er wieder davon zu reden anfinge. Nagl schwieg und war froh, daß ihn niemand mehr anstaunte. Das Kind deutete mit einem ausgestreckten Zeigefinger auf Anna, und Anna lachte. Nagl blieb ernst. Durch ihr Lachen fühlte er sich auf einmal gekränkt. Es war nichts Besonderes vorgefallen, im Grunde war nichts geschehen, aber Nagl fühlte sich ins Unrecht gesetzt. Anna streichelte plötzlich sein Gesicht, kniff in seine Wange und summte heiter vor sich hin. Er fühlte, daß seine Höflichkeit sie unsicher machte, und blieb dabei. Im Hotel umarmte sie ihn, kaum daß sie die Tür hinter sich geschlossen hatten, aber Nagl war müde und fühlte diese Müdigkeit wie eine Bestärkung. Sie drängte sich an ihn, aber er schlief ein.

In der großen, gläsernen Bahnhofshalle erst hatte Nagl am frühen Morgen beschlossen, nach Florenz zu reisen. Während sie im Zug dahinfuhren, wußte er noch immer nicht, wo sie aussteigen würden. In Florenz? In Bologna? Würden sie nach Mailand umsteigen? Oder nach Venedig fahren? Er blickte aus dem Fenster: Unter den schweren Regenwolken lagen gelbe Felder, rundherum leuchteten die verschiedenen Grünfarben: grasgrün, das Grün der Zypressen, das türkisfarbene Grün von Sträuchern, das Grün der Pinien, das Grün der Olivenhaine, und auf den Feldern stand das Regenwasser und reflektierte das Grün des Himmels. Hinter einem Zypressenwäldchen schimmerten Bäume in weißen Blüten. Wo die Hügel etwas höher waren, waren sie von Nebelschwaden bedeckt und sahen traurig aus. Er fuhr dahin und dachte an den Großvater. Zwei Tage war sein Großvater in Cardiff ohne Geld herumgestreunt und hatte nicht geschlafen, aus Angst vor der Polizei. In den Heuerbüros war er abgewiesen worden, er hatte keinen Ausweis, keinen Paß, keine Nachweise. Schließlich legte er sein Arbeitsbuch vor, mit den Stempeln der Glasfabriken Dresden, Prag, Brünn und Berlin. Aber das wären seltsame Schiffsnamen, fanden die Beamten in den Büros. Da stand Fürstenwalde, Gloggnitz, da standen Namen von Herbergen Mürzzuschlag und Bruck. Sie schauten in den Verzeichnissen nach. Kein Schiff in ihren Büchern hieß so. Die Beamten überlegten. Schließlich verlangten sie Geld von ihm. Nein, Geld hatte er keines. Sie klappten das Registerbuch zu und sagten ihm, er solle wiederkommen, wenn er Geld hätte. Er kam am nächsten Tag wieder. Sie gaben ihm eine Heuer auf einem deutschen Schiff als Trimmer. Er mußte die Kohlen dem Heizer zuschaufeln. Das Schiff hieß »Anni«. Es fuhr nach Nordafrika, nach Algier, Tunis und Temnis. Im Schiff war es heiß und dunkel, aber an Deck wehte ein kalter Wind, und die Erde war rundherum blau und unendlich weit. Er ging an Deck und hatte das Gefühl, auf einer blauen, flüssigen Kugel zu schwimmen. Wenn er an Land kam, war er in wenigen Stunden die Heuer los. Er fuhr nach Sizilien, mit Holz und Kohle an Bord, zurück mit Schwefel oder Orangen aus Gibraltar oder La

Valetta. Sie fuhren nach Lissabon und Cartagena, Barcelona und Valencia. Er war jetzt Heizer, und das Schiff war an eine norwegische Reederei verkauft worden und hieß »Skagerrak«. Er wollte den Bosporus sehen, aber was er sah, waren Städte, die sich wie ein farbiger Schleier vor seine Augen legten, oder das blaue, weite Meer, wenn er an Deck kam. Manchmal stellte er sich vor, in welcher Richtung Amerika lag. Dann vergaß er es. Er schaufelte Kohlen in die Kessel. Er wußte nicht, was mit ihm geschah. Wollte er es so? Geschah es mit ihm? Er hatte keine Zeit, darüber nachzudenken. Niemand fragte ihn. Er fragte sich selbst nicht. Als er wieder nach Österreich kam, trat er der Sozialdemokratischen Partei bei. Er sagte, alles sei sinnlos gewesen für einen einzelnen Menschen. Daß er nicht Nichts gewesen sei, habe er nur selbst gewußt. Jeder habe es nur von sich selbst gewußt, daß er nicht Nichts gewesen sei.

Nagls Blick fiel auf einen Mitreisenden, dessen Gesicht fortwährend von Zuckungen überlaufen wurde. Es war ein großer, gutgekleideter Mann mit einem Bärtchen und dunklen Augen, der in einem Buch las. Er bewegte stumm seinen Mund, räusperte sich, hüstelte, zuckte mit den Schultern und krachte mit den Fingergelenken, indem er die Finger einzeln hinter das Ohr drückte. Daraufhin zupfte er seinen Bart, schnappte wie ein Fisch nach Luft, legte das Buch zur Seite und las eine Zeitung, legte die Zeitung zur Seite und las das Buch. Zwischendurch schlief er. In Florenz stieg der Mann aus, aber Nagl blieb sitzen. Die Bäume waren kahl, und die Häuser der Stadt verschwanden schattenhaft im gelben Nebel. Draußen war Winter. Sie waren jetzt allein im Abteil, und Nagl legte seinen Kopf in Annas Schoß und sah aus dem fahrenden Zug.

44

Nach dem Bahnhof von Mestre fuhr die Eisenbahn auf das Meer hinaus. Möwen saßen auf Holzpfählen oder kreischten vor Venedig über dem Wasser.
Sie trugen die Koffer über die Treppen des Bahnhofs und

stiegen in eines der überfüllten Verkehrsboote. Aus dem Wasser erhoben sich Palazzi, deren Farben aus dem Meer zu kommen schienen, gelbe und orangefarbene, weinrote und lachsfarbene mit steinernen Balkonen und geschlossenen, schweren Fensterläden. Schiffe fuhren ihnen entgegen oder an ihnen vorbei oder schaukelten zwischen blaugelben und tabakbraunen und weißen Pfählen mit goldenen Kugeln über den Spitzen.

Sie nahmen ein Hotelzimmer an der Rialto-Brücke, Männer in gelben Südwestern standen hochaufgerichtet in Lasten- booten, auf der Straße vor dem Kanal gingen vereinzelt Menschen mit bunten Regenschirmen. Nagl trat ins Freie und spazierte mit Anna das Wasser entlang. Alles kam ihm fremd und nicht für ihn bestimmt vor.

45

Das cremefarbene Albergo »Marconi & Milano« mit den goldenen Buchstaben hatte geschlossen. Die untere Hälfte der Fenster zum Gehsteig war mit einem Store verhängt, und Nagl schaute durch die Scheiben. Drinnen waren die Möbel mit Leinentüchern verdeckt. Je weiter sie die Straße am Kanal hinuntergingen, desto ausgestorbener erschienen die Häuser. Auch die Straßen waren leer. Er dachte daran, mit Anna in eines der ausgestorbenen Hotels einzudringen und sie auf den weißen Tüchern zu lieben. Ein schwarzes Boot fuhr im Re- gen über den Kanal. Am Kiel leuchtete eine goldene Weltku- gel mit zwei schwingenden Flügeln und goldenen Löwen. Ein Kranz aus roten Blumen lag auf der Kabine, die mit Vorhängen verhängt war, so daß man keinen Menschen sah. Nur vorne stand ein Mann im Ölzeug und lenkte das Boot. Sie gingen durch enge Gassen zwischen Häusern, an denen die Ziegel hinter dem abgebröckelten Verputz zu sehen waren, wie eine Wunde. Auf Steinbalkonen waren Grün- pflanzen in durchsichtige Nylonplanen gehüllt.

Je näher sie den Fondamente Nuove kamen, desto stärker wurde der Regen. Aus den Seitenkanälen roch es nach Salz und faulen Algen, und vor ihnen ging eine alte Frau, die sich mühsam gegen den Wind stemmte. Eine Böe wehte ihren Schirm in einen Kanal, und er versank langsam mit dem Griff nach oben im Wasser, während sich die Frau wütend und verzweifelt über die Steinbrüstung lehnte. Anna flüchtete in eine Kirche, und Nagl folgte ihr. Der weiße Marmor im Inneren der Kirche war mit pflanzen- und blumenhaften Intarsien verziert, als schimmerten Schatten von außen wachsender Blumen durch. Vielleicht war das Sterben tatsächlich eine rasende Rückschau auf Bilder des Lebens und ein Sich-Erheben über die Erde, dachte Nagl. Vielleicht war das, was er seit dem Augenblick, als er dem Gendarmen den Rücken zugekehrt hatte, erlebt hatte, der Moment des Sterbens gewesen, ein Sterben, in dem er sah, was hätte sein können, ein Widerstreit der Kräfte, die noch in ihm waren, und dem Verlöschen des Bewußtseins. Er stand in dieser Kirche und dachte an das Votivbild, das er in Stübing gesehen hatte, die blaue Wolke, in der Maria geschwebt hatte. Die Religion war leichter zu verstehen als das Leben. Er fand es seltsam, daß der Glaube das Problem für die Menschen war und nicht das Leben. Die Religion kam ihm wie ein Schutz vor dem Wahnsinn vor, alles war bunt und leuchtete und hatte seine Bestimmung. Er konnte sich vorstellen, daß er gestorben war und daß das Sterben so lange dauerte. Sein nacktes, kämpfendes Leben verlachte den Glauben. Es brauchte seinen Verstand, um zu überleben, und dieser Verstand verspottete alles in ihm, was Trost suchte. Aber im Zustand eines langen Sterbens, wenn er das Leben als ein Sterben begriff, schien ihm die Religion etwas ganz Einfaches und Selbstverständliches zu sein.

Er sah sich nach Anna um, die ein nasses Kätzchen im Arm hielt und streichelte. Neben der Kirche stand ein verfallenes Haus, mit Fenstern ohne Scheiben, davor waren Katzen herumgelaufen und durch die Fenster in das Haus gesprungen, als sie gekommen waren. Eine war im Regen hocken geblieben, Anna mußte sie aufgehoben und in die Kirche mitgenommen haben. Das Kätzchen lugte über den Ärmel und miaute.

Seit er mit dem Zug weggefahren war, war etwas geschehen, das er zwar erlebte, das ihm aber nicht bewußt geworden war: Er sah dauernd sich selbst. Manchmal sah er sich von oben, er sah sich laufen, gehen, stehen, er sah sich Anna umarmen, oder es war ihm, als könnte er sich aus nächster Nähe beobachten. Es störte ihn nicht. Er sah Speichel aus seinem Mund rinnen und er sah sich am Rand des Vesuv stehen und in den Krater blicken ... Und noch etwas war ihm aufgefallen: Das Gefühl, etwas schon erlebt zu haben, die Überzeugung, das Wissen darum, war zum ersten Mal in Neapel in der Hafenstraße aufgetaucht. Aber es hatte sich immer wieder eingestellt, und er hatte es immer wieder zur Seite geschoben, wie um sich zu schützen.

Mit den Schulkindern war er zu verschiedenen religiösen Anlässen in die Kirche gegangen: Zum Erntedankfest, zur ersten Kommunion – zu der die Mädchen in weißen Kleidchen und die Knaben in dunklen Röcken mit Kerzen in der Hand gekommen waren –, zur Christmette, wenn die Kinder in der Kirche knieten und für ihn plötzlich, durch die Anwesenheit ihrer Eltern, fremde Menschen wurden, und zu Ostern, wenn alles grün wurde und die Kinder Palmkätzchen und blühende Zweige in die Kirche brachten. Das alles sah er jetzt ganz schnell, als sei es hintereinander gewesen. Und wie er am Vesuv Sehnsucht nach Menschen gehabt hatte, empfand er jetzt Sehnsucht nach der Schule. Die Kinder waren scheu und ängstlich gewesen, es hatte keinen Übergang, kein langsames Gewinnen des Vertrauens gegeben, es war unvermittelt geschehen, daß die Kinder vor seinem Haus aufgetaucht waren, um auf ein Stück Schokolade zu warten, und es hatte genügt, wenn er vorgegeben hatte, keine Zeit zu haben, daß die Kinder für Tage verschwunden geblieben waren.

Sie traten wieder ins Freie. Das durchschimmernde Grün im Inneren der Kirche hatte etwas Geheimnisvolles und Anregendes gehabt, aber hier, auf der Straße wehte ein kalter Wind, und der Regen fiel in Strömen. Anna trug das Kätzchen unter ihrem Mantel, nur sein Kopf schaute heraus. Das Kätzchen war ganz ruhig und ließ geschehen, daß man es mit sich forttrug, es genoß die Wärme und die Zärtlichkeit. Anna drückte es an ihr Gesicht und achtete darauf, daß es sich unter dem Schirm befand und nicht naß wurde.

Das Meer verlor sich im Nebel. Nagl sah die Pfähle, auf denen eiserne Laternen vor Sandbänken warnten, und weiter draußen die Backsteinmauern und die sie überragenden Zypressen von San Michele. Als sie an der Anlegestelle vor dem Friedhof hielten, fiel Nagl auf, wie das Wasser neben dem Vaporetto durch den Motor milchig wurde.

Vor dem Eingang schaukelte das schwarze Boot, das sie am Canale Grande gesehen hatten. An den Seiten des Bootes waren aus Holz geschnitzte goldene, geraffte Borten und Quasten zur Verzierung angebracht. Annas Kätzchen hielt still. Das Meer schwabbte über die Steinstufen, und das Boot schaukelte. Der Steuermann kam, stieg in das Boot und fuhr in einer schäumenden Kurve davon, aber im gleichen Augenblick legte ein anderes Boot an, ein Matrose bückte sich, auf seinem Rücken wurde ein Sarg gedreht, dann auf ein Metallwägelchen verladen und mit Blumen und Kränzen zugedeckt. Aus einem gelben Vaporetto mit rotweißen Rettungsringen stiegen zwei Kinder.

Sie gingen durch das dunkle Tor des Friedhofs. Auf die Steinplatten waren in der Hast abgerissene rote Blütenblätter, Lorbeerzweige, mit Draht auf Holz gebundene rote und rosagesprenkelte Nelken gefallen, wie der Großvater sie aus Papier am 1. Mai am Rockaufschlag getragen hatte. Nagl hatte als Kind nicht verstanden, weshalb der Großvater rote Papiernelken getragen hatte. Die Großmutter hatte ganze Sträußchen auf dem Küchentisch liegen gehabt, sie verschwanden am nächsten Tag in einer Lade der Kredenz, wo die Ansichtskarten und spärlichen Briefe hingelegt wurden. Er sah die kleine Küche der Fabrikwohnung vor sich, die vergilbte Kredenz, den schwarzen Volksempfänger auf einem Brett an der Wand, die Küchenbank, in die man die Schmutzwäsche stopfte. Die Großmutter strich ihm lachend über sein Haar. Sie war eine gutmütige, korpulente Frau, die ihm bei jedem Besuch ein Zwei-Schilling-Stück aus Aluminium in die Hand drückte. Wenn er sich recht erinnerte, war sie der erste Mensch gewesen, den er gekannt hatte und der gestorben war. Er hatte ein Gemisch von Wichtigkeit und

Ungläubigkeit empfunden, als er davon erfahren hatte. Das Schreckliche war das Entsetzen der Mutter und des Großvaters gewesen. Er hatte ihre Machtlosigkeit gesehen und auf die Religion übertragen. Und die Vorstellung von einem Leben nach dem Tode war angesichts der Verzweiflung der Mutter und des Großvaters mit einem Mal zerfallen. Nagl hob die Nelken auf und folgte dem Begräbnis. Eine Frau sprach ihn an. Nagl verstand so viel, daß sie ihn fragte, woher er den Toten gekannt habe. Der Bestattungsbeamte trug die Kränze voran, und Nagl nickte nur mit dem Kopf. Es waren sechs oder sieben Angehörige in grauen Anzügen und gemusterten Regenmänteln, die ihn erstaunt betrachteten. Auch daß Anna ein Kätzchen trug, verwunderte sie.

Sie folgten dem Sarg nicht weiter, sondern hielten vor einer Kammer, in der Fotografien Verstorbener aus Grabsteinen herausgehauen lagen. Nagl bückte sich und sah die verblaßten Abbildungen von Menschen, die einmal gelebt hatten. Sie blickten ihn aus festgehaltenen Augenblicken an, in denen sie vor der Linse eines Fotografen gestanden waren und die vermeintliche Unendlichkeit des eigenen Lebens zu spüren geglaubt hatten. Alle Menschen erschienen Nagl jetzt ahnungslos. Durch ein Tor sah er in einen dichtbewachsenen, von Pinien, Palmen und Lorbeerbäumen überwucherten Teil des Friedhofs. An den Baumstämmen rankten sich Efeublätter hoch, Amseln sprangen auf den Kieswegen und zwitscherten in den Bäumen. In einer Steinhalle standen Grabsteine, schmiedeeiserne Lampen und marmorne Engel. Da standen sie wieder mit ihren faltigen Kleidern, den mächtigen, schönen Flügeln, den abwesenden Gesichtern. Der Raum war weiß, und das Kätzchen war aus Annas Mantel gesprungen und streifte zwischen den Figuren herum. Sie suchten das Begräbnis und fanden es auf einer von Kreuzen übersäten Wiese, durch die Alleen führten. Auf dem Weg zum Ausgang sahen sie plötzlich durch ein schmiedeeisernes Tor das Meer und die Ziegelmauer der Fondamente Nuove. Sie gingen jetzt schneller, verirrten sich abermals in Gassen aus Marmor, in denen übereinandergeschachtelte Gräber mit Blumen und Fotografien der Toten lagen. Etwas in der Brust würgte Nagl und ließ ihn schwer atmen. Er sprach einen alten Mann mit Brille, Baskenmütze und einer Aktenmappe an.

Der Mann hatte eine heisere Stimme, drehte sich im Regen um, gebückt, die Aktenmappe verrutschte unter seinem Arm und er verschwand.

Anna hielt das Kätzchen und kraulte es. Die Motorboote tuckerten auf dem Meer. Im Wartehäuschen, das im Wasser schwankte, drängten sich Menschen. Zwei alte Frauen mit blauen Strümpfen und ondulierten Haaren hockten auf einer Bank und rauchten. Überfüllte Vaporettos fuhren vorbei, endlich konnte sich Nagl in ein anhaltendes drängen und Anna mit sich ziehen.

47

Sie hatten das Kätzchen vor die Kirche zurückgetragen. Eine samtgraue, weißgefleckte Katze war flach auf dem Boden gelegen und hatte gekotzt. Über dem Fenster, im nächsten Stock hatten Kanarienvögel gezwitschert, und als Nagl an Neapel gedacht hatte, an den Markt mit den Früchten, dem Fleisch und den Tieren, dem Gemüse, den Menschen und Blumen, hatte er plötzlich das Gefühl gehabt, daß alles seine Richtigkeit hatte. Auf der Straße versuchte einer der Hunde, eine Katze zu besteigen. Die Katze ließ es geschehen, aber Kinder verjagten den Hund, und die Katze kotzte weiter. Anna kniete sich vor sie hin. Nach einer Weile sagte sie, daß er gefühllos sei. Nagl schwieg. Es kam ihm vor, als seien seine Empfindungen anders.

Die Kinder waren das einzige, was seinen Alltag abwechslungsreich machte, aber ihre von Generation zu Generation gleiche Unbeholfenheit, Angst und Bereitschaft zum Gehorsam hatten ihn ratlos werden lassen. Er sprach häufig mit anderen Lehrern darüber und war erstaunt, daß diese das unverändert gleiche Verhalten der Kinder natürlich fanden und höchstens Witze machten, die alles verharmlosten. Es waren keine schlechten Lehrer. Einige mochte er sehr, aber auch sie schienen, was sie erlebten, als selbstverständlich hinzunehmen. Ihm fehlte etwas. Immer hatte er das Gefühl, daß etwas fehlte. Es machte ihn unzufrieden und, da er es mit niemanden besprechen konnte, einsam. Auch er sprach nicht mehr darüber. Er sagte nichts. Aber er betrachtete schon lange seine Arbeit als etwas Vorläufiges, so als würde er in absehbarer Zeit etwas anderes machen. Das half ihm, aber andererseits verlief sein Leben Tag für Tag so, und nichts geschah.

»Du bist ein kalter Mensch«, sagte Anna und lief davon. Das Wasser des Kanals war grün, zwei Männer fuhren in einem Boot vorbei, das sie stehend ruderten. Daß durch das Wasser alles fremd wurde, ließ ihn ruhig bleiben. Er ging zurück in das Hotel. In Auslagenscheiben spiegelten sich der Canale Grande, die vorbeifahrenden Boote, die Möwen, die auf den rotweißgestreiften Pfählen hockten, und die blaßblauen Anlegehäuschen für die Vaporetti mit den vielen Glasfensterchen, die hölzernen Stiegen, die zu den Anlegestellen führten, und die leeren Gondeln, mit Planen verdeckt, zwischen denen verlorene Orangen und weiße kleine Holzstückchen schwammen. Die Glastür eines Ristorantes war angelaufen und der Messingknauf, der die Form eines Vogels hatte, von Grünspan befallen. Nagl sah durch eine Lücke ein Klavier in einem großen Raum und in einer Ecke abgestellte Flaschen. Das Pflaster vor dem Ristorante war aufgerissen, und der Mann, der eine Pflanze auf der Schulter trug, drückte sich umständlich an ihm vorbei. »Zu Hause ist Winter«, dachte Nagl, »Schnee liegt, hier ist es kalt und leer.« Hinter einem Torbogen bemerkte er einen dunklen Gang mit Plakaten, auf denen Pferde mit fliegenden Mähnen abgebildet waren. Es roch nach Fisch. Er ging in den Gang hinein und wartete, bis es ihn nicht mehr in der Kehle würgte. Seine Zurückhaltung wurde oft mit Kälte verwechselt. Wenn er eine Frau geliebt hatte, hatte er sich nicht anmerken lassen, daß ihm eine Eigenschaft an ihr nicht gefallen hatte. Obwohl er fühlte, daß er darunter litt, konnte er noch immer freundliche Zustimmung geben. Aber gerade dadurch, weil er schwieg, lächelte, höflich war, im Innersten aber an etwas anderes dachte und sich einredete, daß er ohnedies wünschte, was die anderen wollten, wirkte er nicht herzlich. Er verstellte sich nicht mit irgendwelchen Absichten. Manchmal hatte er den Verdacht, daß die meisten genauso unzufrieden waren wie er, nur erschienen sie ihm gleichmütiger. Vielleicht erwarteten sie sich nicht viel anderes, während er immer voll Erwartung war. Und er vertraute zuwenig auf sich selbst. Oft hatte er feststellen müssen, daß er insgeheim recht gehabt hatte. Er hatte zu etwas geschwiegen, es aber zugelassen, und dann war es genauso eingetreten, wie er es sich gedacht hatte. Bei Meinungsverschiedenheiten in der Schule zum Beispiel, hatte er häufig Ideen nicht auszusprechen gewagt; um vieles später hatten andere sie gehabt und waren dafür gelobt worden. Er war sich dann überflüssig vorgekommen. Was hätte er sagen sollen? – Ein Boot mit leeren Obstkisten fuhr vorbei. Nagl sah auf einer der runden Bronzeuhren, die an der Straßenecke angebracht waren, wie spät es war. In der Nähe des Hotels gelangte er in eine enge Gasse, in der Häuser durch eiserne Kästen mit Glasfenstern verbunden waren. Die Scheiben waren verdreckt und dunkel, und die Gasse sah düster aus. Er drehte sich um, niemand folgte ihm. Auf einem Stapel von schwarzen Holzklötzen hockte eine Tigerkatze unter einem Kater. Der Kater streichelte sie mit einer Pfote und fuhr langsam mit seinem steifen, rosafarbenen Glied nach unten. Das Loch der Katze war offen, aber der Kater ließ sich Zeit, er fuhr langsam zurück, dann war er blitzschnell in ihr. Die Katze schrie, der Kater bewegte sich, aber im nächsten Augenblick war die Katze mit einem Fauchen verschwunden, während der Kater erstaunt zurückblieb. Als Nagl weiterging, sah er eine große, schöne Angorakatze, die zwischen den Hölzern lauerte und alles bemerkt zu haben schien. Er kam an einer Trattoria vorbei, vor der, auf einer schwarzen, von einer durchsichtigen Nylonplane abgedeckten Tafel, die Speisen und Preise mit Kreide geschrieben waren. In einem Geschäft standen zwei Schneiderpuppen aus Samt. Als er in Neapel von den Matrosen niedergeschlagen worden war, hatte man ihn auf einen Stuhl gesetzt und auch dort hatte er eine Schneiderpuppe gesehen. Alles war jetzt voll Ähnlichkeiten. Wenn er verletzt war oder sich gekränkt fühlte, war er für den kleinsten Hinweis empfänglich. Die Verzweiflung und der Schmerz waren nicht nur Verzweiflung und Schmerz. Ganz im verborgenen spürte er gleichzeitig auch ein Gefühl der Lust, eine geheime Kraft, und je länger eine Verzweiflung anhielt, desto stärker spürte er diese Lust und

Kraft. In der Verzweiflung war er zu Dingen fähig, die er sonst nie wagte. Es waren Dinge, die ihm entsprachen. Er war mutiger und ehrlicher. Die Scham fiel von ihm ab. In der Verzweiflung gab es eine Selbsterniedrigung, die wie ein angenehmer Schauer durch den Körper rieselte. Wie oft war er erstaunt, daß auch jemand anderer durch seine Selbstanklagen sich schuldig gefühlt hatte und verzweifelt wurde. Aber die Verzweiflung eines anderen hatte ihm immer die geheime Kraft und Lust genommen. Schnell war er ihrer überdrüssig und wütend geworden. – Er ging die Steinstufen auf der anderen Seite der Rialto-Brücke hinunter und stand vor dem Hotel. Er wußte, daß Anna im Zimmer liegen würde. Und doch stieg er die Treppen mit einer merkwürdigen Bewegung hinauf. Er kaufte eine Flasche Wein und scherzte mit dem Kellner. Er sagte, daß er die Signora überraschen wolle, und ließ sich zwei Gläser geben.

48

Er öffnete die Balkontüren, so daß er einen Blick auf den Kanal werfen konnte, legte sich mit dem Rücken zu Anna in das Bett und trank.

Eine Weile lagen sie nebeneinander, und er wußte, daß sie ihren Arm auf die Stirne gelegt haben würde und zur Decke starrte. Sie empfand wahrscheinlich dasselbe wie er. Immer stellte sich bei ihm, wenn er mit Anna gestritten hatte oder sich gekränkt fühlte, ein Bedürfnis nach Zärtlichkeit ein. Er wünschte sich, aus seiner angenehmen Traurigkeit erlöst zu werden. Er würde zuerst einen Widerstand entgegensetzen, eine wütende Geste machen, aber was er wollte, war gerade, daß sie ihm weiter Zärtlichkeit schenkte, bis er sich selbst zu bezichtigen anfangen und spüren würde, wie sehr sie ihn liebte; und auch er würde wollen, daß sie fühlte, wie sehr er sie liebte. Plötzlich kam Anna nackt unter seine Decke. An der Kastentür war ein Spiegel befestigt. Sie lagen seitlich zum Spiegel, und Nagl konnte ihren Körper sehen, wie er sich an ihn schmiegte, wie er sich an seinen Schwanz drängte, er konnte ihr Gesäß sehen, das fest zusammengepreßt war. Ihre

Blicke trafen sich im Spiegel. In Neapel hatte er eine Zigarre gekauft, mit einer schönen, bemalten Hülse, er holte sie aus dem Koffer, ließ Anna vor dem Spiegel knien, steckte ihr die Zigarrenhülle in den Hintern und Anna sah zwischen den gespreizten Beinen in den Spiegel und stöhnte.

Als er ein Jahrmarktsfest besucht hatte, war er in das Varietézelt gegangen. Betrunkene auf Holzbänken hatten gegröhlt und den Mädchen, die sich auf der Bühne entkleidet hatten, Aufmunterungen zugerufen. Während er sich auf die Bettkante setzte und Anna auf den Schoß nahm, erzählte er ihr, wie eine blonde Frau einem Mann mit einem Gamsbarthut die Lederhose aufgeknöpft und einen Gummipenis herausgezogen hatte. Er war weiß und lang gewesen, und die Frau hatte ihn in den Mund gesteckt. Der Mann hatte in das Publikum gelacht, während die Frau an seinem Gummipenis gesaugt und geleckt hatte. Dann hatte sie sich hingekniet und vorgegeben, den Gummipenis in sich zu stecken, und hatte dabei ihr Becken bewegt. Es war armselig und geil gewesen. Die Frau war nackt gewesen, hatte ihre Schenkel gespreizt, die Brüste waren über den Ausschnitt gegangen und der Mann mit der Lederhose hatte sich zwischen ihre Beine gelegt. Unter dem Gelächter des Publikums hatte er ihre Beine in die Luft gespreizt und so getan, als ob er sie fickte, dann hatten sie sich auf einen Klappsessel gesetzt, und Nagl hatte gesehen, wie der Mann den Gummipenis nun wirklich in sie gesteckt hatte. Es war still im Publikum geworden, und nach einigen Augenblicken hatte die Frau ihn herausgezogen und sich die Milch, die in ihm war, in den Mund gespritzt. Die Milch war ihr über das Kinn getropft, und die Frau hatte gelacht, und jetzt war auch das Publikum in Gelächter ausgebrochen. Es waren Bauern in Steireranzügen gewesen, mit rotwangigen, verhärmten Frauen, betrunkene Arbeiter und Jugendliche von vierzehn und fünfzehn Jahren, die mit roten Köpfen dagesessen waren. Es war gegen Mittag gewesen, und die Vorstellung hatte eine halbe Stunde gedauert. Flachbusige Mädchen waren zu einer Musik über zerschlissene Schleier gestolpert, dicke Frauen mit zu kleinen Perücken hatten mit den Busen geschaukelt, sich vorgebeugt und die Hinterbacken auseinandergezogen, während Zuschauer Bier

auf die Bühne gespritzt hatten. Nagl konnte nicht sagen, daß
es ihn abgestoßen hatte. Auf eine eigentümliche Weise war
das, was er gesehen hatte, wahr und vor allem ihm nicht
fremd gewesen. Eine Vermischung von Traum und Leben
war es gewesen, die in ihrer Armseligkeit auch ergreifend
gewesen war. Er hatte in der Nacht darauf mit der Frau des
Gendarmen geschlafen und dabei an das Varieté gedacht und
war erstaunt gewesen, wie sehr ihn der Gedanke daran in
Erregung versetzt hatte.

Nagls Blick fiel auf den Kanal, und er hatte den Wunsch, sich
alles zu merken. Er sah sich im Spiegel zwischen Annas
Beinen, die sich um seinen Rücken geschlungen hatten und
spürte, wie ein wollüstiges Gefühl ihn benommen machte.

49

Anna lag in der Badewanne, und Nagl trank Wein. Der
Großvater war selten zum Grab seiner Frau gegangen. Das
Schlimmste sei das Verlassensein gewesen, hatte er gesagt.
Als Heizer und später als Arbeiter habe er immer gespürt, daß
er Nichts gewesen war, jetzt aber habe er sich als jemand
gefühlt, der endgültig und unwiderruflich verlassen worden
war. Nagl dachte an sein Gefühl der Verlassenheit, als er im
Zug gesessen war, und er sah sich am Kraterrand des Vesuv
stehen, der Wind zerrte an seinem Mantel, Schnee und Nebel
waren um ihn.

50

Anna schlief. Auf dem Vorderdeck eines Vaporettos fuhr
Nagl nach San Marco. Sobald das Vaporetto eine Anlegestelle verlassen hatte, wurde das Verdecklicht ausgeschaltet,
und er saß in dunkler Kälte. Eine Gondel kreuzte das Schiff,
Nagl sah nur den schwarzen Schatten. Die Einsamkeit ließ
ihn eine Lust an der Einsamkeit verspüren. Er fürchtete sich
nicht mehr vor ihr. Er kannte den Schmerz, verlassen zu
werden, und er wußte, wie viel auf Lügen beruhte. Sein Beruf

beruhte auf Lügen, seine Beziehungen zu anderen Menschen... Lügen, lauter Lügen. Ohne zu verheimlichen, war es ihm nicht möglich gewesen zu leben. Er sprach nicht, wie er wirklich war, sondern wie er sein wollte. Vielleicht bedeutete jeder Satz, den er sprach, etwas anderes, als er meinte. Vielleicht hatte er Ansichten angenommen, zu denen er sich bekennen konnte, ohne daß es die waren, die er wirklich hatte. Vielleicht war seine wahre Philosophie die Lüge. Er hatte in seinem Leben mehr Lügen ausgesprochen als Wahrheiten. Sein Gehirn dichtete anderen Menschen ein Leben von sich vor, das mit seinem wirklichen nichts zu tun hatte. Er schonte andere mit Lügen, er ersparte sich Konflikte, er erfüllte sich Wünsche, alles nur mit Lügen. Nagl schaute auf das dunkle Wasser. Sie näherten sich einer Anlegestelle, der Schaffner im marineblauen Mantel mit goldenen Knöpfen zog fröstelnd ein Eisengitter zur Seite, und Nagl stieg aus. »Das ist ja das Seltsame, daß es nicht von selber geht, die Wahrheit zu sprechen«, dachte Nagl, »sondern daß ich von selbst lüge.« Immer dachte er, wenn er sprach, gleichzeitig darüber nach, ob es auch unbedenklich wäre, die Wahrheit zu sagen.

Die Rolläden hinter den Arkaden waren geschlossen, auf den gemusterten Steinböden standen Pfützen. Vor dem Café Quadri waren gelbe geflochtene Stühle mit der Aufschrift »Martini« an der Lehne zu einem Haufen zusammengeworfen. Durch die Scheiben des Cafés sah er die olivgrünen Polsterstühle auf den gedeckten Tischen, zwischen den Marmorsäulen und den Spiegeln. Die Arkaden verliefen sich im Dunkeln. Eine Lampe über dem großen Platz schaukelte und warf ein schwankendes Licht auf die nassen Steine. Während Nagl die Uhr mit dem Himmel und den Sternzeichen und den Löwen vor dem blaugoldenen Sternenhimmel betrachtete, während sein Blick das geometrische Muster des Bodens entlanglief und schließlich auf den Campanile fiel, der dunkel in die Nacht ragte, während er zu den verzierten, orientalisch geschwungenen Märchentürmen und Mosaiken der Markuskirche hinaufschaute, waren seine Gedanken woanders. Nur der Sternenhimmel am Uhrturm hinter dem goldenen Löwen lenkte ihn ab. Die Sehnsucht nach den Sternen, dem

All, es zu sehen und zu überschauen, sich in ihm zu verlieren, war in ihm als eine Vorstellung des Jenseits. Er dachte dann, daß es 100 Millionen Billiarden Sterne im All gab. Er hatte die Kinder manchmal durch ein Nachtfernrohr auf den Mond sehen lassen und ihnen diese Zahl gesagt. Schon die Vielfalt auf der Erde war unvorstellbar – es gab eine Million verschiedene Tiere und vierhunderttausend Pflanzenarten. Wasser, Luft und Land waren durchsetzt von organisierter Materie, die eine Unzahl von Stoffen aufnahm, umwandelte und wuchs, sich fortpflanzte und Abarten entwickelte, tötete und getötet wurde, um neuen Graskeimen, Spülwürmern, Walfischen, Nachtigallen oder Krokodilen Platz zu machen und Nahrung zu sein. In ständig wandelbarer Form hatte das Leben es geschafft, sich trotz katastrophal anmutender Veränderungen der Erde über vier Milliarden Jahre zu erhalten. Als er mit Anna im Zug gefahren war, hatte er an das Ende der Erde gedacht, nun aber dachte er an dieses Leben, und es war ihm genauso unbegreiflich. Denn diese unfaßbaren, unbegreiflichen Tatsachen waren Angelesenes, und weder ließ ihn das Wissen um das Ende der Erde anders leben, noch tröstete ihn die Kenntnis des vielfältigen Lebens auf ihr. Die Gondeln vor dem Markusplatz hoben sich im Wasser, und die Möwen schaukelten auf dem Meer wie Papierschiffchen.

51

Das Eisengeländer fiel klappend und klingend in das Vaporetto zurück, das an aufgelassenen und geschlossenen Hotels vorbeifuhr, die in der Dunkelheit noch verfallener aussahen. Im erleuchteten Kabinenraum saß nur ein Mann mit einem Geigenkasten.

Wieder fiel Nagl sein Großvater ein. Fünf Jahre war er arbeitslos gewesen. Obwohl er die Arbeit als Zwang empfunden hatte, hatte er sich nach Arbeit gesehnt. Er hatte Schachpartien von Aljechin, Murphy, Bodwinik, Capablanca und Euwe so lange nachgespielt, bis er sie auswendig gekonnt hatte. Er hatte seinem Ich einen Turm vorgegeben und gegen das andere Ich einen Bauern geopfert. Er hatte gegrübelt, warum er gegen sich verloren, welchen Fehler er gemacht hatte. Auch als der Nationalsozialismus gekommen war, hatte er gegen sich weitergespielt, obwohl er dankbar für die Arbeit gewesen war. Fünf Jahre hatte er bis dahin jeden Tag, jede Stunde gespürt, daß er Nichts gewesen war. Jetzt brauchte man ihn. Er war weiter Nichts, aber er konnte es vergessen. Er hatte an das Leben geglaubt, und dieser Glaube hatte ihm genügt.

52

In der Nacht umarmte Nagl Anna. Er ließ sie schlafen und küßte sie zärtlich. Es war dunkel, die Balkontür war halb geschlossen, nur hin und wieder hörte er ein Vaporetto brummen. Annas Mund schmeckte nach Schlaf. Nagl stützte sich auf seine Arme und begann sie zu lieben. Sie stöhnte leise, blieb ganz ruhig und ließ es mit wohligem Gurren geschehen. Aber sie erwachte nicht, und Nagl spürte wieder seine Müdigkeit, seine Bewegungen wurden langsamer und er schlief ein.

Das Gedröhn der Vaporetti, die Geräusche der Motorboote und Menschenstimmen waren das erste, was er am nächsten Morgen hörte. Die Gebäude schimmerten durch ein milchiges Licht, während die Dächer in einem schattenhaften Nebel lagen. Er kroch tiefer in seine Decke und betrachtete Anna. Eines ihrer Augen war halb geöffnet und bewegte sich. Er berührte sie, aber sie schlief wirklich. Immer hatte er das Gefühl zu lieben gesucht. Immer hatte er es erfahren als etwas, das ihn veränderte, das ihn mit Glücksüberschwängen überfiel und gleichzeitig verzweifeln ließ. Er war so sicher, wenn er liebte, daß er sich alles zutraute, zugleich aber war er der lächerlichste Mensch und litt. Er glaubte einer Vorstellung nachleben zu müssen, von der er annahm, daß sie der Geliebten gefiel. Anna hatte ihn abhängig und selbständig zugleich gemacht. Dadurch, daß sie ihn betrogen hatte, war er ehrlicher geworden. Eigentlich hatte er, während er noch mit Anna zusammen war, immer eine Frau gesucht, die ihm half, Anna zu vergessen. Er ließ es nie so weit kommen, aber er hatte überlegt, mit welcher Frau er nach Anna weiterleben könnte. Er hatte mit anderen Frauen geschlafen und war voll schlechten Gewissens und Unbehagens zu Anna zurückgekehrt, und sie hatte es nicht anders gemacht als er. Die Zeit würde wieder kommen, wo sie Ersatz füreinander suchten.

Am Anfang einer Liebe war er immer sorglos gewesen. Eigentlich war es ihm nur darum gegangen, eine bestimmte Frau zu umarmen und ihr Geliebter zu werden. Was vor ihm gewesen war, hatte ihn nicht gekümmert. Wenn er es gehört hatte, hatte er es zur Seite geschoben. Dauerte die Liebe aber länger, so wurde die Vergangenheit der Geliebten zu etwas Quälendem, das die Gegenwart unsicher machte, und doch spürte er dadurch neue körperliche Begierden. Manchmal war die Liebe so müde und gleichgültig gewesen, daß er ununterbrochen das Gefühl gehabt hatte, etwas zu versäumen. Er hatte sich in eine andere Frau verliebt, weil er die versäumten Möglichkeiten nicht ertragen hatte. Folgendes hatte ihn überrascht: Gerade, wenn er begonnen hatte, eine Frau zu lieben, hatte er auch eine leichte Hand für Liebschaften gehabt. Wenn er jedoch unglücklich gewesen war, war er auch schwerfällig und ungeschickt gewesen.

Er sah Anna an und war erstaunt über seine Gedanken. Wahrscheinlich dachte sie Ähnliches, während sie mit ihm sprach oder während er nicht bei ihr war. Niemals sagte sie ihm sofort, daß ihr ein Mann gefiel. Erst im nachhinein, lange Zeit später, machte sie eine vorsichtige Bemerkung. Sie hatte gelernt, sich vor ihm zu schützen und zu verstecken. Auch er machte es nicht anders. Und trotzdem war ihm dieses Wissen jetzt kein Hindernis mehr, Anna zu lieben. Er liebte sie auf eine neue Weise. Er spürte sich noch stärker zu ihr hingezogen, er mißtraute ihr, aber er erkannte auch Eigenschaften an ihr, die er früher übersehen hatte. Sie war mutiger als er und ehrlicher. Er stellte seine Vergangenheit noch immer so dar, als sei er ihr immer treu gewesen. Er bildete sich ein, dadurch in Zukunft ihre Treue erzwingen zu können, während er, wenn er zugab, daß er nicht anders gehandelt hatte als sie, fürchtete, daß sie kein Schuldgefühl mehr empfände und sich wieder leichtfertiger auf ein Abenteuer einließe. Er genoß dadurch, daß er behauptete, keine andere Frau neben ihr gehabt zu haben, ihr Vertrauen. Sie mußte vor seinem Mißtrauen, auf das er jetzt ein Recht hatte, auf der Hut sein. Aber er spürte auch, daß er von ihr abhängig war. Er wollte sie nicht verlieren. Wenn es darauf ankam, würde er alles tun, daß sie bei ihm bliebe. Er mochte ihre Fröhlichkeit und Wärme und ihre Leidenschaft. Er mochte, daß sie sich von ihm gekränkt fühlte und eifersüchtig war. Und im Grunde mochte er, daß sie unberechenbar und daß er durch sie erfahren hatte, daß es keine Unschuld gab. Die Liebe war für ihn jetzt ein Betrügen und ein Betrogenwerden, und wenn er liebte, mußte er sich dazu bekennen, auch wenn er es sich niemals zugeben würde.

53

Sie trieben sich zwischen den Marktständen herum und kauften Orangen. Der Nebel war dicht, sie wußten nicht, wo sie sich befanden. Der Markt in Neapel und der Nebel auf dem Vesuv fielen Nagl ein. Ein Fischhändler holte aus einer Tasse einen lebenden grauen Aal mit weißem Bauch, der sich um seine Hand wand, und hieb ihm mit einem großen Messer den Kopf ab. Der Aal hatte sich jedoch so heftig bewegt, daß der Mann ihn verfehlt und nur einen Teil des Kopfes abgeschnitten hatte, so daß er nochmals hatte zuhauen müssen. Anna wollte gehen, aber Nagl sah dem Händler weiter zu, wie er den Schwanz des Aales mit einem Eisenstück an ein Brett nagelte und ihm den Bauch aufschnitt, während sich die Schwanzflossen nach oben krümmten, wie er das Rückgrat herausschnitt, und wie der Aal ohne Rückgrat sich auf dem blutigen Brett krümmte. Eine alte Venezianerin mit weißen Haaren und runzeligen Händen ließ ihn in Papier wickeln, in dem er klebrig liegen blieb. Die Frau hatte eine lange Nase, und das Brillenetui, aus dem sie eine Brille herausnahm, um die Ware zu begutachten, sie zusammenklappte, wieder aufsetzte und endlich wieder verstaute, war so abgegriffen, daß Nagl das Aluminium unter dem Stoff sah. Ein anderer Händler schlug einem großen, lachsfarbenen, häßlichen Fisch den

Kopf ab und spaltete ihn der Länge nach in zwei Teile, dann hielt er inne und blickte Nagl, der vor ihm stehengeblieben war, fragend an.

54

Frierend saßen sie im Vaporetto, und Anna atmete vor Kälte zischend zwischen den Zähnen. In Murano Navagero gingen sie in eine Glasfabrik, und wieder hatte Nagl ein unbestimmtes Gefühl des Abschiednehmens. Wenn er sich das Leben seines Großvaters nach dem Tode vorgestellt hatte, hatte er ihn in Gedanken auf offenem Meer gesehen: Er stand an Deck des Schiffes »Skagerrak« und hatte ihm den Rücken zugewandt. Der Wind zerzauste sein Haar, und er stand ruhig da und schaute auf das Meer. Bei dieser Vorstellung sagte sich Nagl, daß er glücklich war. Er hatte die Erde hinter sich gelassen, und vor ihm lag die Unendlichkeit. Sie hatte ihn aufgenommen, und er stand staunend und ungläubig und voll Dankbarkeit vor ihr und in ihm war Ruhe.
Nagl bemerkte, daß er nicht Abschied von ihm genommen hatte. Er war seinem Tod ungläubig gegenübergestanden. Manchmal, wenn er den Großvater umarmt hatte, hatte er seine Bartstoppeln an seinem Gesicht reiben gefühlt und gedacht, daß er alt war und bald sterben müßte. Oder er hatte seine Hand gehalten, die Wärme seines Körpers gespürt, in die entzündeten Augen geschaut und daran gedacht, daß er sich eines Tages an diesen Augenblick erinnern würde, wenn der Großvater gestorben wäre. Er hatte vieles mit ihm gesprochen und vieles getan, im Wissen, daß die Gegenwart bald nur noch eine Erinnerung an ihn sein würde. Manchmal war dieser Gedanke so stark gewesen, daß Nagl absichtlich von etwas anderem hatte sprechen müssen. Dann wieder hatte er ihm lange zugehört, wenn er ihm von Verdauungsproblemen, Schlaflosigkeit, Atemnot, Unruhe, Sprechschwierigkeiten und Mattigkeit erzählt hatte. Er hatte nicht sterben wollen. Er schien das Leben nie in Zweifel gezogen zu haben, dachte Nagl. Im Grunde war er dankbar für alles, was ihn getroffen hatte, und für alles, wovon er verschont geblieben war. Er hatte es als Selbstverständlichkeit hingenommen,

einen Preis für das Leben zu bezahlen. Der Preis war das Leiden gewesen. Er sagte nie, daß er viel gelitten habe, sondern er erzählte von Leiden nur in Zusammenhängen. Das Leiden war immer mit dem Leben verbunden gewesen. Er hatte nicht in seinem Leben nach der Leiderfahrung gesucht. Er hatte sein Leid erst zur Kenntnis genommen, wenn es unübersehbar geworden war. Je älter er geworden war, desto unruhiger war er beim Gedanken geworden, daß die Zeit verging. Er wußte nicht, wie es gekommen war, daß er auf einmal so alt geworden war. Er erinnerte sich an alles genau, als ob es zehn oder höchstens zwanzig Jahre zurückgelegen war. Dann machte Nagl die Entdeckung, daß sein Großvater etwas erwartete. Er wußte nicht, was, er fühlte nur, daß noch etwas kommen mußte.

Auch Nagl glaubte, daß er im stillen immer etwas erwartete, etwas, worauf er zulebte. Und während Nagl in eine Fabrikhalle trat, dachte er, daß er sich manchmal damit betäubte, Eltern und Kindern einzureden, es gäbe für jeden Menschen eine endgültige Erwartung, auf die er hinleben mußte. Während der Gedanke an den Großvater auf dem weiten blauen Meer an Deck des Schiffes »Skagerrak« mit dem Vaporetto im Nebel verschwand, sah er in einer Fabrikhalle Arbeiter, deren Gesichter vom leuchtenden Glas beschienen waren. In Öfen brannte Feuer, die Männer saßen ruhig da, drehten das Glas, schnitten es, ab und zu klirrte Eisen und eine Entlüftungsmaschine brummte. Sie beeilten sich, ihre farbigen, gekrümmten Glasstücke zu fabrizieren, als wartete die Welt dringend auf Glaspinguine. Sein Großvater hatte Flaschen erzeugt, zuerst mit der Eisenpfeife 35 Liter-Flaschen, seine Wangen waren aus dem Gesicht gepreßt und die Lungen und Adern in seinem Körper hatten zu platzen gedroht. Während des Zweiten Weltkrieges war der Großvater dann vor Maschinen gestanden, hatte die Zeiger und Thermometer beobachtet und das chemische Gemisch überprüft. Mit »Kraft durch Freude« hatten ihn die Nationalsozialisten an Sonntagen mit seiner Schwester in Provinzdörfer geschickt, wo er Gitarre gespielt und seine Schwester den Erzherzog-Johann-Jodler gesungen hatte. Er war mit dem Komiker Panzenbeck aufgetreten und hatte ihm Stichworte gegeben. Am nächsten Tag hatte er wieder dieselben Handgriffe verrichtet, an den nächsten Sonntagen hatte er dieselben Lieder gespielt und dieselben Stichworte gegeben. Im Grunde aber hatte er nur von Zwischenfällen erzählt, und Nagl hatte einmal gedacht, daß sein eigentliches Leben die Zwischenfälle gewesen waren.

55

In einer Trattoria, die mit dunklem Holz getäfelt war, über das Tapeten mit Luftblasen klebten, tunkte eine alte Frau Wein mit Weißbrot aus ihrem Glas. Die Frau nickte Nagl freundlich zu und machte ein Vogelgeräusch nach, dann nahm sie den Teller mit den Fischgräten und der ausgepreßten Zitrone und unterhielt sich mit Kartenspielern. Sie vergaß den Teller in der Hand und sah zu.

Anna erzählte, sie habe gestern vor dem Einschlafen zu fürchten begonnen, daß Nagl sie mit dem Stilett, das er in Rom gekauft hatte, töten würde. Sie habe sich vorgestellt, daß sie gestorben sei und nichts mehr gespürt habe, obwohl sie gewußt habe, was um sie vorging. Nagl, der nicht antworten wollte, blickte durch die schmutzigen, gelben, halbdurchsichtigen Gardinen auf die Fabrikhallen und das Meer. Er setzte sich neben sie und legte einen Arm um ihre Schultern.

56

Von den Fondamente Nuove stieg eine weinende Frau mit einem pflaumenblau und himbeerfarben gestreiften Schirm in das Vaporetto. Auf dem Wasser sah Nagl die kleinen Kreise von zerplatzenden Regentropfen. Die Läden und Türen der Gebäude waren geschlossen, kein Mensch ging auf der Straße. Während Nagl alles ruhig wahrnahm, war er plötzlich überzeugt, daß der Tod ihn nicht auslöschte. Er hatte diese Sicherheit noch nie empfunden. Als Kind hatte er das Leben ebensowenig erfaßt wie den Gedanken, nicht mehr zu leben. Alles, was ihn auf der Erde quälte, alles, woran er litt, würde sich auflösen. Er wußte nicht auf welche Weise, aber er war jetzt überzeugt, daß es geschehen würde. Am Markusplatz hüpften Spatzen zwischen Tauben, schaukelten leere Gondeln und, während sie ein anderes Vaporetto nahmen, kam Nagl, was er sah, wie verzaubert vor. Die Vorstellung von seiner Unsterblichkeit belebte seine Gedanken. Sie saßen auf dem Vorderdeck, und es war kalt. Ein mächtiger, rot und schwarz bemalter Dampfer tauchte im Nebel auf, der vor San Marco vor Anker lag. Das Vaporetto brummte an einem Park mit Statuen und Pinien und Zypressen entlang, dann machte es eine Wendung und fuhr ins offene Meer hinaus.

57

In der Kälte stand Nagl jetzt allein auf dem Vorderdeck, da Anna sich in die Kabine gesetzt hatte, ein Tropfen hing an seiner Nase. Es war ihm, als durchpflügte er etwas Neues. Als sie die Anlegestelle verließen, prasselte Regen auf sie. Sie stellten sich unter ein Glasdach, unter dem aufgestapelte Gartensessel und runde Tische grün schimmerten. Daneben war ein Geschäft, dessen Scheiben weiß gestrichen waren. Die Eingangstür war mit Papier verklebt, und das Papier hing in Fetzen herunter. Er wollte nicht mehr zurück in das Leben, in einen Staat, der für ihn sorgte und dafür Arbeit, die nichts mit ihm zu tun hatte, von ihm verlangte. Die Menschen sehnten sich nach Arbeit, nicht weil sie die Arbeit liebten, sondern weil sie sonst ausgestoßen waren und das Ausgestoßensein nicht ertrugen, dachte er. Er vertraute sich dem an, was mit ihm geschehen würde. Sein Großvater hatte sich als Heizer nach einem neuen Staat gesehnt, in dem er nicht nur Nichts sein würde, aber die Wirklichkeit hatte aus seiner Hoffnung das gemacht, was aus allen Wünschen wird. Nicht das Unvollkommene daran war es, was Nagl abstieß, sondern das Ausweglose, das dadurch entstanden war.
Hinter den Badekabinen auf der anderen Seite der Straße hörten sie das rhythmisch rauschende Meer. Sie gingen zu den ausrollenden Wellen mit Schaumkronen hinunter, in die eine Betonmauer mit einem Drahtzaun weit hinauslief. Der

Himmel und das Meer berührten sich an einem dünnen Streifen. Ein Kind mit einem gelben Regenmantel fuhr auf der Promenade, blieb stehen, stülpte sich die Jeans hoch, während das Fahrrad an einer Steinbank lehnte, und fuhr dann weiter. Auf der Meeresseite lag das Strandcafé mit den durchbrochenen Holzwänden, der Terrasse und dem Holzgitter, und dahinter ragten die Fahnenmasten nackt und einsam in den Himmel. Nagl war, als könnte er alles verstehen.

Es hatte ihm nichts geschehen können, aber dafür war ihm nur der tägliche Gang in die Schule geblieben, der Lehrstoff, mit dem er zu Rande kommen und den er den Kindern hatte beibringen müssen. Daneben hatte er ein Leben voll Heimlichkeiten geführt, die Frau eines anderen Mannes geliebt, getrunken, bis er bewußtlos in das Bett gefallen war, um am nächsten Tag pünktlich aufzustehen und der Arbeit nachzugehen. Er hatte sich nichts anmerken lassen dürfen. Nagl hatte kein Verlangen nach seinem geheimen Leben, er glaubte nur, daß es ein Ausgleich für das Leben war, welches er nach außen hin führte. Eine Amsel mit gelbem Schnabel saß auf einem weißen Holztor, hinter dem sich ein Palmengarten erstreckte. Nagl dachte an den Gendarmen. Er, Nagl. der Verursacher seines Schmerzes, war auch der einzige Vertraute des Gendarmen gewesen, vor dem dieser seine Gefühle nicht hatte verstecken müssen. Er küßte Annas kaltes Gesicht, fühlte ihren warmen Mund und war voll Erinnerungen.

58

Ihre Mäntel waren durchnäßt, als sie in das Hotelzimmer zurückkamen. Sie ließen sich vom Kellner eine Flasche Grappa auf das Zimmer bringen und entkleideten sich. Die Grappa schmeckte scharf und wunderbar. Sie hatten noch nichts zu Abend gegessen, aber das Zimmer war warm und sie krochen unter die Decke und liebten sich. Von draußen hörten sie den Regen. Anna ließ heißes Wasser in die Badewanne laufen, die Strümpfe und ihre Unterwäsche hingen von den Handtuchhaltern und über den Sessellehnen. Anna saß auf dem Rand der Badewanne. Während sie gähnte, streichelte sie versonnen ihre schönen weißen Beine. Sie küßte ihn und da sie die Augen offenhielten, sahen sie ganz groß ihre dunklen Pupillen.

Sie setzten sich in die Badewanne, und er griff zärtlich zwischen ihre Beine. Die Seife war naß, und Nagl ließ sie in ihrem Loch verschwinden und drückte gegen ihren Bauch, daß sie wieder herausrutschte. Sie tranken die Flasche leer. Anna begann sein Glied zu reiben, bis es steif war, dann setzte sie sich auf ihn und fickte ihn im glucksenden Wasser. Es war unbequem, aber sie waren so verrückt danach, sich zu lieben, daß sie sich immer schneller bewegten. Ihr Haar war in das Gesicht gefallen und ihre Hände preßten sich um den Wasserhahn, daß Nagl die weißen Fingerknöchel sah. Er bat sie, sich umzudrehen und sich vor ihn hinzuknien. Sie waren halb aus dem Wasser, Nagl spürte, daß er schwitzte, Schleier legten sich vor seine Augen, und er rang nach Luft, dann drückte er ihr Gesäß unter das Wasser, weil er wollte, daß sie beide im Wasser sein sollten, wenn es ihm kam. Er sah die nasse Haut ihres Rückens vor sich, sie drehte sich geschickt um, daß sein Glied in ihr blieb, und er fühlte seine Hoden im Wasser schweben. Als sein Schwanz aus ihr glitt, liefen sie naß, nur in Badetücher gehüllt, in das Zimmer, und Anna setzte sich auf sein Gesicht. Er hatte ein Polster unter seinen Kopf geschoben und sah ihr zu, wie sie ihren Kitzler rieb, er sah ihre Brüste von unten sich zu den Warzen hin erheben, er sah ihr kindliches Gesicht, das verzückt und angestrengt war. Sie rieb und er leckte mit seiner Zunge in ihr, aber sie war jetzt betrunken und ließ sich auf einmal zur Seite fallen. Nagl war müde und die leere Grappaflasche im Badezimmer fiel ihm ein, er stand auf, tauchte sie in das warme Wasser und schob sie ihr zwischen die Schenkel. Langsam fuhr er mit dem Flaschenhals aus und ein. Die Grappaflasche hatte einen sich erweiternden Hals und Nagl erregte sich, wie die Flasche in sie fuhr und wie ihre Schamlippen immer weiter gedehnt wurden und schließlich gespannt und eng um den Flaschenhals lagen.

Sie waren beide betrunken, und Nagl ging mit dem weißen Badetuch um die Hüften auf und ab, und sprach von Tod und Abschied. Er fragte Anna, ob sie schliefe. Sie antwortete, sie schliefe nicht, und schlief ein. Nagl sprach weiter, warf zwei Alka-Seltzer-Tabletten in ein Zahnputzglas und wartete, bis sie sich im Wasser aufgelöst hatten. Er hatte sie groß und weiß in seiner Hand liegen gesehen, als er sie aus der blauen Glasröhre geschüttelt hatte, und trank jetzt das halbgefüllte Wasserglas mit den aufgelösten Tabletten leer.

59

In der Früh küßte ihn Anna, bis er die Augen aufschlug. Sein Kopf schmerzte, ihm war übel, schwindlig, und er war durstig. Er bestellte eine Flasche Mineralwasser und trank sie aus, während er matt auf dem Bett lag. Anna zeigte ihm sein unrasiertes verschwollenes Gesicht in ihrem Schildpattspiegel, und Nagl blieb liegen und streckte die Glieder von sich. Sie leckte, ohne ihn mit den Händen zu berühren, und Nagl bemerkte, wie sich dabei ihr Gesicht veränderte, wenn sie die Zunge herausstreckte oder den Schwanz in den Mund nahm. Im Spiegel konnte Nagl die Innenseite seiner Oberschenkel sehen und ihren Kopf. Sie kam wieder zu ihm ins Bett gekrochen, Nagl steckte einen Finger in ihren Hintern und Anna rieb sich. Als sie kam, stand Nagl auf, stellte sich mit gespreizten Beinen über sie und spritzte auf ihr Gesicht über die geschlossenen Augen und in den geöffneten Mund. Eine Zeitlang lagen sie bewegungslos nebeneinander. Dann wusch sich Anna, öffnete die Balkontür, und Nagl sah die Sonne scheinen. Sie setzte sich mit dem Rücken zu ihm auf das Bett, spielte mit ihren Zehen und begann sie zu lackieren. Er betrachtete sie, wie sie einen Fuß in die Hand nahm, mit der anderen Hand den Pinsel in das Lackfläschchen tauchte und über ihre Zehennägel fuhr. Nach einer Weile fragte sie ihn, wann sie zurückkehrten. Nagl sagte, er wisse es nicht; er denke nicht daran, was in einigen Tagen sein werde. Plötzlich brach Anna in Tränen aus. Sie schloß sich im Badezimmer ein, weinte und kam geschminkt und angekleidet heraus. Währenddessen war Nagl aufgestanden und hatte sich angezogen. Nach einer Weile begann er von Vulkanen und dem Gletscher Torfajökull in Island zu sprechen. Es gäbe Städte dort, die seien von Asche schwarz, sagte er. Mächtige Rauchwolken stiegen gegen den Himmel. Er habe davon gelesen. Vielleicht sei es besser, zurück in den Winter zu fahren. Anna weinte und sagte, sie habe Abschied von ihm genommen, gestern und am Morgen. Wenn sie bei ihm sei, komme er nicht zu sich. Er schilderte ihr, wie die Sonne in Island über den Gletschern aufging, wie sich das Eis der Gletscher verfärbte und wie sie vom Meer aus die Gletscher sehen konnten. Er schilderte ihr Vulkanausbrüche, wie er sie in Büchern gelesen hatte, aber Anna weinte, packte den Koffer und ließ ihn in das Foyer tragen. Daraufhin schwieg Nagl.

Er trug den Koffer in das Vaporetto und hielt ihn während der Fahrt auf den Knien. Sie gingen die Stufen zum Bahnhof hinauf, Nagls Hand schmerzte vom Koffer, den er trug. Der Zug stand abfahrbereit da, und Nagl folgte Anna in ein Abteil, in dem niemand saß, dann ging er wieder hinaus. »Wenn du morgen fährst, bleibe ich«, sagte Anna und umarmte ihn. Sie riß das Fenster hinunter und beugte sich heraus. Er wollte sagen, daß er wiederkomme, aber der Zug setzte sich in Bewegung. Er sah Anna winken und blieb stehen, bis er die Eisenbahn nicht mehr sah.

60

Im Hotel fragte ihn der Portier, ob er sein Zimmer gegen ein Einbettzimmer tauschen wollte, aber Nagl sagte, daß die Signora wiederkomme. Ah, die Signora komme wieder, sagte der Portier. Er erkundigte sich nach einer Bank, in der er alle Schecks einlöste.
Die engen Gassen waren von der Sonne so beschienen, daß die feuchten Steinplatten blendeten und das Licht in den Haaren der Menschen leuchtete. Im Schatten jedoch war es kalt. Er vermißte Anna. Das Wasser in den Kanälen war blattgrün, aber dort, wo es gegen das Sonnenlicht auslief, schimmerte es silbrig. Eine Frau putzte eine Auslagenscheibe mit quietschenden Geräuschen. Nagl lenkte jetzt seine Aufmerksamkeit ganz auf das Äußere. Er nahm ein Vaporetto und fuhr zur Accademia. Auf den großen Traghettos überquerten Fußgänger stehend im schmalen Boot den Kanal.

Nagl fror. Er schaute nach vorne, an der Biegung zur Accademiabrücke war das Wasser so hell, daß er nur aus den Augenwinkeln hinsehen konnte. Er spürte plötzlich körperlich, daß Anna nicht neben ihm war, und ein Würgen stieg in seine Kehle.

Langsam ging er durch die Accademia, an den altargoldenen Bildern Lorenzo Venezianos und Nicolo di Pietros vorbei, verirrte sich im Gebäude und fand sich plötzlich vor dem Eingang wieder. Im Grunde war es ihm recht. Er sah zu, wie eine Frau in einem Pelzmantel mit ihrem Knaben stehenblieb, die Pluderhose hinaufschob, den Zipp der hochhackigen Stiefel öffnete, etwas zurechtzupfte und mit dem Fuß wieder hineinfuhr. Der Anblick hatte etwas Intimes für ihn. Er dachte daran, wie er mit Anna geschlafen hatte, und spürte seine Verlassenheit so sehr, daß er den Wunsch hatte, mit irgendeinem Menschen zusammen zu sein.

Nach einer Weile kam er ans Meer, an den Zattere al Ponte Lungo, an dem drei große Dampfer vor Anker lagen. Es drängte ihn, den Kai mit den laublosen Bäumen hinaufzuspazieren und die Namen der Schiffe zu lesen. Ein weißbrauner Dampfer hieß »Appia«. Riesige Taue führten zu den eisernen Haltenieten. Auf einem Schild an einem Haus konnte Nagl lesen, daß Zimmer zu vermieten waren. Er läutete und ein glatzköpfiger Mann zeigte ihm einen dunklen Raum, durch dessen Fenster der Dampfer »Appia« zu sehen war. Er bezahlte die Miete für eine Woche und setzte sich in ein Café unter ein grünes Leinendach. Er dachte an Anna, daß sie sich immer weiter von ihm entfernte, und um sich abzulenken, blickte er zu dem Fenster des Zimmers hinauf und zu den Schiffen, auf deren Taue die Möwen wie aufgefädelt saßen. Nagl trank Wein und fühlte, wie er schwer wurde. Ihm fiel ein Kind mit einer Haube aus gelbem Kreppapier auf, das wie eine Dotterblume aussah. Die Mutter schob einen schwarzen Kinderwagen mit hohen Rädern. An manchen Häusern des Zattere waren die Türen und Rolläden geschlossen und erinnerten Nagl an den Winter und an Island, aber Island war jetzt mit der Abreise an Anna verbunden und er hörte auf, daran zu denken. Mit einem Vaporetto fuhr er zum Markusplatz. Irgend etwas in ihm sagte, daß es aussichtslos war, was er machte. Auf einer der Steinbänke an der Wand saß ein junger Mann, eine Frau stand zwischen seinen Beinen und streichelte sein Haar. Nagl dachte daran, wie schön es wäre, von einer fremden Frau gestreichelt zu werden, und gleichzeitig war in seiner Vorstellung die fremde Frau mit einem Samtmantel bekleidet, wie Anna. Er hörte die knatternden Flügel und das Gurren von Taubenschwärmen, und ging am Campanile vorbei zum »Café Quadri«. Zwischen den Arkadenbögen hingen riesige Vorhänge, die ihm die Sicht auf die Geschäfte nahmen. Neben einer Kamera, die auf einem dreibeinigen Stativ stand, zählte ein Fotograf Kleingeld. Nagl sagte, daß er eine Fotografie wünschte. Der Fotograf griff in einen Papiersack und warf Taubenfutter vor seine Füße. Sofort war er von Tauben umschwirrt, die sich auf seinen Kopf setzten, auf seine Schultern und Arme und seine Füße umschwärmten. »Ohne Tauben!«, sagte Nagl. Der Fotograf kam aus seinem schwarzen Tuch hervor und verjagte die Tauben. Nagl machte ein ernstes Gesicht. Nachdem er bezahlt hatte, gab ihm der Fotograf eine Visitenkarte. Nagl schrieb Annas Adresse auf, die Fotografie solle an die Signora geschickt werden. »Selbstverständlich«, erklärte der Fotograf. Auf einem der mächtigen, eierschalenfarbenen Vorhänge war in schwarzer Schrift »Glove« zu lesen. Das »Café Quadri« hatte geöffnet. Er beeilte sich, in das Hotel zurückzukommen, und ließ sich vom erstaunten Portier die Rechnung geben. Die Signora würde nicht mehr zurückkommen, sagte er. Er holte seinen Koffer und ging zum Zattere al Ponte Lungo.

61

Als er das Hotel hinter sich gelassen hatte, fühlte er sich erleichtert. Im grellen Mittagslicht verblaßten die Farben der Häuser, wie Krebsschalen, die an der Sonne trocknen. Er fuhr ein Stück mit dem Vaporetto, und vom Wasser aus sahen die Häuser noch bleicher aus. Nur an einem Palazzo leuchtete ein goldenes Mosaik mit Figuren und weißverhängten Bogenfenstern. Auf einer der Glasscheiben stand in Gold der Name des Besitzers Salviati. Die Auslagen waren leer und mit Leinen ausgeschlagen. Salviati war ein bekannter Glasfabrikant, und jetzt, mit dem Koffer auf den Knien, im Vaporetto, das durch das helle Mittagslicht fuhr, dachte er wieder an den Großvater. Die Chiesa Maria dei Saluti schimmerte ganz weiß. Er erkannte, daß er zu weit gefahren war, blieb aber ruhig sitzen. Er saß mit dem Rücken zur Fahrtrichtung und schaute auf die weißen Statuen, die vor dem Hotel »Bauer Grunwald« aus dem Canale kamen. Alles sah blaß und blutlos aus, selbst die bunten Pfähle verloren auf die Entfernung die Farbe. Ihm gegenüber saß eine Frau mit weißen Wollhandschuhen, in denen sie ein pelziges Insekt hielt. Nagl beugte sich vor und erkannte, daß es eine Grille war.

Er setzte sich in ein Ristorante und stellte den Koffer neben sich auf einen Sessel. Er vermißte Anna. Der Kellner kam und wollte den Koffer zur Garderobe tragen, aber Nagl verbot es ihm. Er hatte getrunken und kam sich geheimnisvoll vor. Er konnte ein Vertreter für Rasiermesser sein. Der ganze Koffer war voller Muster aus Elfenbein, schwarzem Kunststoff, Horn und polierten Holzgriffen. Dann hatte er Rasierpinsel feinster Art, aus Dachshaaren und Büffelschwänzen, in seinem Koffer, hehe. Oder der Koffer war voll Banknoten von einem bewaffneten Überfall ... Er starrte den Koffer voller schmutziger Unterwäsche an und fragte sich, warum er ihn mit sich trug. Was sollte er mit der schmutzigen Unterwäsche und den Hemden? Aber es würde ein schlechtes Bild machen, wenn er ohne Koffer sein neues Zimmer bezog. Das würde nicht gut aussehen, wenn er gar nichts bei sich hatte. Er schaute zum Wasser hin, das quecksilberfarben war. Ihm fiel ein, daß Winter war und er blickte versonnen in den öligen Rauch, der aus dem Dach eines Vaporettos quoll, als er an einer Landestelle an der gegenüberliegenden Seite des Kanals anlegte. Dann starrte er wieder auf das Tischtuch und dachte an Anna. Wenn er daran dachte, daß sie zu Hause war, glaubte er, sie endgültig verloren zu haben. Er stellte sich vor, daß sie im leeren Eisenbahnabteil saß und schlief. Vielleicht würde sie sich auch mit einem Mitreisenden unterhalten und Nagl vergessen haben. Der Gedanke schmerzte ihn, aber er fühlte, daß es richtig war, wenn es so geschah. Als er nach einiger Zeit wieder hinausschaute, merkte er, daß es dunkler war und die Farben der Häuser wieder satter geworden waren. Niedrig fliegende Wolken zogen über den Kanal und erinnerten ihn an das Begräbnis des Tierarztes, aber er hatte jetzt nichts dagegen, sich zu erinnern. Plötzlich waren die Palazzi dotter- und teefarben, und durch die Scheibe des gegenüberliegenden Cafés sah er blauweißkarierte Tischtücher. Der Kanal war bis auf die Vaporettos leer, und silberne Regenstreifen stürzten nieder. Nagl saß hinter der Glasscheibe, vor der geöffneten Eingangstür standen Menschen und schauten in den strömenden Regen. Ein Wintergewitter grollte ferne, und ab und zu hastete jemand am Ristorante vorbei. Kurz darauf hatte es zu regnen aufgehört, und der Himmel war eisfarben geworden, mit gelben und blaßblauen Wolken, zu denen Nagl aufschaute. An den Rändern der Dächer mit den merkwürdigen Schornsteinen, die sich nach oben hin verbreiterten, war der Himmel zart gelb und blau gefärbt, als ob es Abend wäre, aber der Nachmittag war erst angebrochen. Ein Mann trug ein Kind auf dem Arm mit einem Tuch über dem Kopf, daß es aussah wie ein zugehängter Vogelkäfig. Nagl bezahlte und ging in die kalte Jännerluft. Ein Mann in Arbeitskluft kam ihm mit einem großen Strauß Rosen entgegen, neben ihm lief ein Straßenköter, der Nagl über seinen Schuh schleckte. Nagl war darüber gerührt, er wußte nicht warum und drehte sich nach dem Hund um, der schnüffelnd weiterlief. Vor einem schmutzigen Café stand eine schwangere Frau, hielt ihre Hand auf den Bauch und fühlte nach Bewegungen ihres Kindes. Als sie bemerkte, daß Nagl sie beobachtete, hörte sie verlegen auf und verschwand im Café. Er ging durch das dunkle, enge Haus. Der Mann mit der Glatze öffnete ihm und führte ihn in das Zimmer, in dem ein Spiegel mit einem silbergestrichenen Gipsrahmen über einem Kamin hing. Nagl stellte den Koffer ab, ging ins Nebenzimmer und öffnete das Fenster zur »Appia«. Als der Mann gegangen war, legte er sich auf ein Sofa mit einer schmierigen Kopfrolle und konnte so den Himmel, den Schornstein und ein Stück der Reling des Schiffes sehen. Er schlief kurz ein und erwachte eine halbe Stunde später. Er fühlte das Stilett in seiner Sakkotasche, holte es heraus und ließ es einige Zeit aufspringen und wieder zuklappen. Vielleicht würde er nach Istanbul fliegen. Dann dachte er, daß es am besten wäre, irgendwohin zu fahren, wo er sich nichts erhoffte. Er ließ den Koffer im Nebenzimmer stehen und ging wieder auf die Straße.

62

Von einem Gondoliere ließ er sich zum Bahnhof fahren. Ein stummer Alter mit heraushängender Zunge half ihm in das Boot, das der Gondoliere mit blauen Lederpolstern belegte. Die Gondel war innen grün, zwei schöne breite Sessel mit Lehnen befanden sich in ihr und zwei Bänke. Der Stumme mit der heraushängenden Zunge hielt, kaum daß er Nagl ins Boot geholfen hatte, seine Kappe auf, und der Gondoliere wartete, bis Nagl Geld hineingeworfen hatte. Sie fuhren durch stinkende Nebenkanäle, zwischen Müllbooten, Lastenkähnen, die vorsichtig um die Ecken bogen. Dann glitten sie unter eine schattige Brücke und hörten aus einem offenen Fenster das Gezwitscher und Trillern von Kanarienvögeln. Nagl dachte an Annas Vogelzunge, ihr Kindergesicht und ihre Nähe und, während er litt, zwang er sich, alles zu sehen. Ein Postbote legte Briefe in einen Korb, der von einem Haus hinuntergelassen wurde, und eine Frau zog den Korb hinauf. In einem stillen, grünen Kanal fuhren sie an einer Schule vorbei, aus der das laute Gekreisch von Pausenlärm klang. Sie bogen zum Canale ab, und Nagl saß klein im Wasser und blickte zu einem Palazzo auf, zu den Spitzbogenfenstern und Steinbalkonen. Zwei alte Frauen standen hinter den Markthallen mit schwarzen Schals auf dem Kopf und schwarzen Mänteln, Strümpfen, Schuhen und Spazierstöcken. Die Gondel fuhr so nahe an ihnen vorbei, daß Nagl sah, wie eine von ihnen eine Muschel öffnete und sie in ihren zahnlosen Mund stopfte. Vor dem Hotel »Principe« mit den schwarzrot geflammten Pfählen mußte der Gondoliere anhalten und Luft holen. Die Vorhänge des Hotels waren zugezogen und die hohen Türen geschlossen.

Am Anlegeplatz vor dem Bahnhof lag auf einer Holztreppe ein toter Polyp mit goldenen Augen. Nagl hatte bezahlt und stieg über das Tier. Er streifte im Bahnhof herum, erkundigte sich nach einem Zug, der nach Istanbul fuhr, ging zum Bahnsteig, von dem Anna abgefahren war, und beeilte sich dann, den Bahnhof wieder zu verlassen. Er ging durch enge, labyrinthartige Gassen, kam zu einem winzigen Geschäft und sah einer alten Frau zu, die Schirme reparierte: Die Schirme lagen in Regalen bis zur Decke, und die Frau arbeitete an einem alten Exemplar mit einem feinen Muster aus winzigen, roten Rosen auf schwarzem Grund, darunter befand sich ein dunkelblauer mit weißen Tupfen.

Er war seit zehn Tagen nicht mehr rasiert und sein Haar war noch immer fett und ungewaschen und zu Strähnen verklebt. In einer Bar trank er ein Glas Rotwein und aß zwei kalte Tintenfische mit Zitrone. Ein Italiener mit einem Schnurrbärtchen fragte ihn, ob er »Inglese« sei. Er bazahlte ein Glas Wein für ihn, und Nagl verließ beschämt die Bar, nachdem er das Glas rasch ausgetrunken hatte. Er fand sich vor einer Apotheke mit Eisblumenscheiben, über denen ein goldener Männerkopf mit grünem Lorbeerkranz hing. Es war eine schöne Apotheke mit einem schmiedeeisernen, verschnörkelten Schild, auf dem der Name des Besitzers stand. Aus einem blumengeschmückten Fenster hörte er eine Frauenstimme Kolloraturen singen. Er ging in die Richtung, in der er den Kanal vermutete, kam an einem Fleischerladen vorbei und erreichte die Anlegestelle der Chiesa Simon. Während er auf ein Vaporetto wartete, betrachtete er die vielen Möwen im gelben Licht und das fließende Licht auf den Wellen. Vom Vaporetto aus blickte er, als er den Kanal hinunterfuhr, in das goldene Sonnengeäder zwischen den Wolken. Er zwang sich, in den Himmel zu schauen. Vielleicht war das das schönste Gefühl, dachte der Lehrer, wovon er seinen Schülern hätte erzählen müssen, daß die Freiheit ein Zustand war, in dem sie keine Angst mehr verspürten. Eine Frau in einem Pelzmantel mit einer großen Sonnenbrille saß vor ihm, und er beschloß, ihr zu folgen. Sie fuhren zwischen den Palazzi, an denen die grüne Farbe der Läden über das Gemäuer geronnen war, und Nagl starrte der Frau in den Nacken. Er dachte, daß sie den Blick spüren mußte. Er wollte, daß sie sich umdrehte, damit er ihr Gesicht sähe, er glaubte auch daran, daß sie ihren Kopf bewegen würde, wenn er ihr nur entschlossen genug in den Nacken sah, aber das Vaporetto fuhr weiter, und die Frau drehte sich nicht nach ihm um. In Gedanken schwor sich Nagl, daß er die Frau ansprechen würde, ganz gleich wie sie aussah und was passierte. Das Traghetto vor dem Obst- und Fischmarkt überquerte den Kanal und dort, wo am Vormittag der Fischmarkt war, standen aufgestellte Schubkarren. Die Rialto-Brücke tauchte Stück um Stück wie eine weiße Mauer hinter der Biegung auf, und sie fuhren unter ihr hindurch. Vor der Anlegestelle zur Accademia zitterten auf dem Wasser Tausende goldener Lichtpunkte, die Abendsonne ließ die Fenster der Palazzi honiggelb und weiter entfernt pflanzenhaft grün leuchten. Die Frau stieg an der nächsten Station aus und Nagl sah zum ersten Mal ihr Gesicht. Es war nicht mehr jung. Ihr Haar war blond gefärbt und gepflegt und ihre Hände verrieten, daß sie etwa fünfzig Jahre alt war. Nagl folgte ihr in eine Birreria, in der sie vom Mann hinter der Theke begrüßt wurde. Er mußte sie ansprechen, aber er fand nicht den Mut und starrte ihr ins Gesicht, wenn niemand sie beobachtete. Sie warf ihm hin und wieder einen Blick zu, drehte sich aber rasch weg, sobald ihre Augen sich trafen. Die Birreria füllte sich langsam mit Menschen, und da die Frau vom Wirt immer weniger beachtet wurde, wurde Nagl mutiger. Die Frau war eine Schwedin, die in Venedig mit einem Schauspieler verheiratet gewesen war. Aber ihr Mann hatte sie verlassen, und ihre Kinder lebten getrennt von ihr. Nagl lud sie zum Essen ein, sie lehnte jedoch ab. »Dann auf ein Glas Wein?«, fragte Nagl. Ja, ein Glas Wein trinke sie mit ihm. Sie lachte und Nagl bemerkte, daß sie zuviel getrunken hatte. Sie erzählte ihm von ihrem Leben, sprach hektisch und gab ihren spontanen Einfällen nach. Welchen Beruf er habe, fragte sie. Nagl antwortete, er sei Arktisforscher. Er erzählte von den Vulkanen auf Island und dem Aschenregen und den Gletschern. Die Frau wollte daraufhin wissen, wie lange er noch in Venedig sei, und Nagl sagte, daß er am nächsten Tag abreise ... Am nächsten Tag schon? Ja, am nächsten Tag. Das sei schade. Wo er wohne? Am Zattere al Ponte Lungo. Aha. Er habe dort ein Zimmer gemietet. Ob er sie zu sich einladen dürfe?

Er kaufte eine Flasche Merlot und nahm ein Boot zum Canale della Giudecca. Im Boot sprachen sie nicht miteinander, obwohl Nagl sich bemühte, über etwas zu sprechen, das die

Frau ablenken würde. Er fragte sie, wie sie heiße, und sie sagte Luisa. Seit sie in Venedig lebe, habe ihr Mann sie so genannt. Sie fuhren den Canale della Giudecca hinauf.

Er sperrte die Zimmertür auf und führte sie in das dunkle Zimmer mit dem Kamin, dem Spiegel und dem Koffer. »Ah, Sie haben schon gepackt«, sagte die Frau. Sie setzte sich und warf einen Blick auf das Schiff vor dem Fenster und das nächtliche Meer. »Schreiben Sie Bücher?«, fragte sie. Sie zog ihren Pelzmantel aus. Nagl legte sich auf das Sofa und lehnte sich mit dem Oberkörper an die Wand. Er sagte, er schreibe Bücher über Vulkane und über die Pflanzen der Arktis. Er begann wieder darüber zu reden, öffnete die Flasche, fand aber keine Gläser. Er bat sie um Verzeihung, daß er keine Gläser habe, aber die Frau lachte nur und sagte ihm, er solle das Licht abdrehen. Nagl tat es, und die Frau sagte: »Ich kann es nicht. Sie sind so jung.« – »Sie werden es morgen bereuen«, sagte die Frau nach einer Pause. »Sie dürfen das Licht nicht aufdrehen.« Sie ging zum Bett und entkleidete sich und schlüpfte unter die Decke, und Nagl ließ seine Hose fallen und folgte ihr. Ihre Brust war groß und fest und ihr Loch war heiß und naß, aber sie wollte nicht, daß er sie küßte. Sie setzte sich, nach Luft ringend, auf, während Nagl sie umarmte. Sie konnte ihr Loch wunderbar zusammenziehen und wieder locker lassen, und ihre Backen waren weich und sanft und ihre Brüste, nach denen Nagl griff, waren schwer. Sie fragte ihn, ob er wiederkehrte. Nagl sagte, ja. Wenn er wiederkehrte, würde sie schlank sein, wie ein junges Mädchen. Sie würde schwimmen gehen und keinen Alkohol trinken. Sie setzte sich auf sein Glied und wippte auf und ab, bis sie kam und auch Nagl kam, und er legte sich auf die Seite und schlief ein. Er erwachte, als die Frau sich im Halbdunkel anzog. Gleich darauf sah er, daß ihr Kopf klein geworden war, weil die Haare sich zerdrückt hatten. Ihre künstlichen Wimpern lösten sich von den Lidern und sie machte mit dem Mund ein Geräusch, wie wenn man falsche Zähne an das Zahnfleisch preßt. Nagl erinnerte sich, daß sie sich nicht hatte küssen lassen. Er starrte zur Decke und hörte, wie sie in ihrer Handtasche kramte. Nach einer Weile kam sie duftend und geschminkt auf ihn zu. Sie hatte ihm ihre Adresse auf das

Nachtkästchen gelegt, falls er wiederkäme. Sie bat ihn auch, nach ihr zuzusperren, sperrte die Haustür auf, legte den Schlüssel neben die Eingangstür und verschwand. Nagl blickte aus dem Fenster, aber die Frau war nicht mehr zu sehen. Er las ihren Namen, Luisa Zanoletti. Sie wohnte in der Calle delle Veste. Er begab sich zurück in das Bett, aber er konnte nicht schlafen. Es machte ihm nichts aus, allein zu sein. Er konnte jetzt an Anna denken, ohne daß es ihn schmerzte. Draußen lag das große Schiff. Aber über der Dunkelheit, über der Nacht gab es Räume, unendliche Räume. Er blickte auf den dunklen Schatten der »Appia« vor seinem Fenster und stellte sich vor, mit ihr auf das Meer hinauszufahren.

63

Als er am nächsten Morgen erwachte, war die »Appia« vor seinem Fenster verschwunden. Es war ein schöner Wintertag im Süden. Ihm fiel ein, wie er mit Anna eine Reise zum Großglockner gemacht hatte. Er dachte daran, sie anzurufen, aber er wollte ihr keine Lügen erzählen. Das Meer war blaugrün. Auf dem Kai gingen zwei Polizisten in Regenmänteln mit umgehängten Gewehren, den Lauf nach unten. Nagl erinnerte sich, während er sich ankleidete, an das Mädchen in Rom, das tot vor seiner Pension gelegen war. Und er dachte an den Mann, der zu ihm in das Zimmer gekommen war, an den Gendarmen und an Luisa. Sie war eine schöne, verblühte Frau, und Nagl fragte sich, was sie tagsüber täte. Er ging auf die Straße, und es trieb ihn in ihre Nähe. Von hellbraunen, verwaschenen Regenplanen zugedeckte Schiffe schaukelten in den Kanälen. Er fuhr bis zum Rio della Fava. Stufen führten von nackten Ziegelhäusern in das Wasser. Auf der Ponte dei Barcaroli sah er eine Frau mit blauem Hut und Hasenfellmantel, die an einem Haus läutete. Die Tür wurde geöffnet und die Frau trat ein. Über das Wasser ragte ein Eisen-Balkon, darunter las Nagl auf einem Schild, daß Mozart in diesem Haus als Kind gewohnt hatte. Nagl betrachtete das Haus, und eine Frau mit Brille kam heraus, blieb in der Tür stehen und wartete, was Nagl wollte. Nagl wollte nichts und die Frau schloß langsam die Tür. Er kam in die Calle Veste, blieb stehen, ging dann aber schnell zum Markusplatz weiter, wo er sich vor das Café »Quadri« setzte und eine Grappa bestellte, die er rasch trank. Die Tauben gurrten, und Nagl wurde an der Sonne schläfrig. Er sah hinter hochgezogenen Leinwandvorhängen Geschäfte mit Marmorportalen, und die beiden Fotoapparate auf den Holzstativen mit den schwarzen Tüchern. Auf einem der langen Holztische, die aussahen wie leere Marktstände, schlief ein Hund ... Er bezahlte und ging mit einer Schar Touristen in den Dogenpalast. Aber er spürte eine merkwürdige Leere. An allem ging er achtlos vorüber, an der schwarzen Sänfte mit der goldenen Verzierung, den goldenen Kassettendecken, den eingekritzelten Namen im Ruß der alten Kamine, den goldgelben Seidentapeten und den alten Stühlen – nur einmal, gleich zu Beginn, hielt er vor den zwei braunen, menschengroßen Weltkugeln in verzierten Holzrahmen, aber er hatte keine Lust zu denken, er stand nur über den Holzkugeln und betrachtete sie. Dann trieb es ihn weiter an den schwarzen Tischen mit den Intarsien aus bunten Vögeln, Blumen, Trauben, Blättern und Tieren vorbei, an den teerschwarzen Bildern von Hieronymus Bosch, den Kommoden mit Einlegearbeiten aus Rosenholz und Perlmutt, den schwarzen Balkendecken mit Blumengirlanden, den abgewetzten, kardinalroten Samtsesseln mit goldenen Blattornamenten, den bleigerahmten, durchsichtigen Butzenscheiben, den Wänden aus tabakbraunem und vergoldetem Holz, den Tintorettos und Veroneses an den Decken, mit dem großen Guckloch an einer Tür, den grünen, goldenen und blauen Wanduhren, den riesigen goldenen, an den Wänden befestigten Kerzenleuchtern, den Bänken mit den unterteilten Sitzen und Armlehnen, den nach altem Holz riechenden Sälen vorbei bis zu einem Balkon, von dem aus er auf das glitzernde Meer und San Giorgio Maggiore und La Giudecca sah. Es war ein schöner, weiter Blick, als hätte ein Mensch diesen Balkon gebaut, um alle Kräfte zu sammeln und von hier aus in das Universum zu fliegen. Er dachte an die beiden großen Weltkugeln und an die Schiffe am Zattere und an die Fahrt mit der Eisenbahn. Als er wenig später in die Gefängnisse – niedrige mit doppelten Eisengittern abgesicherte Zellen – gekrochen war und

den Stein unter den Gittern gesehen hatte, der blankgescheu-
ert war wie Elfenbein und in den die Namen und Gesichter
der Häftlinge: Pirico Camillo und Francesco Sforsa, geritzt
waren, als er die eisernen Ringe an den Wänden sah und die
Daten las, spürte er wieder Verlassenheit und Einsamkeit. In
der Schatzkammer der Markuskirche leuchteten die goldge-
rahmten Mosaike und unter der goldenen Kuppel des Domes
schimmerte das Licht, wie um ihn zu trösten, und Nagl ging
benommen hoch über den Köpfen der Menschen auf gewun-
denen Steingängen, sah unter einem Glasdach die Mosaike
über den Toren leuchten und trat auf einen Balkon, von dem
aus er die Tauben wie Ameisen über die Ornamente des
Steinbodens auf dem Markusplatz laufen sah und die Menschen klein waren wie Liliputaner.

64

In der Calle delle Veste fand er das Haus und das Namens-
schild, aber er läutete nicht an. Gegenüber dem Haus befand
sich eine Latteria, in der Nagl eine ältere Frau mit verrutsch-
ten Strümpfen sah. Sie trug in der einen Hand ein Einkaufs-
netz, in der anderen hielt sie ein Taschentuch. Während sie in
dem überfüllten, kleinen Geschäft warten mußte, fächelte sie
mit dem Taschentuch vor ihrer Nase. Nagl überlegte anzu-
läuten, dann streunte er zur Rialto-Brücke, fand eine Bar und
trank Grappa. Der Barkeeper war nicht sehr gesprächig, er
schenkte Nagl stumm ein Glas ein und rechnete auf Papieren
eine Bilanz aus. Da er eine Unterhaltung schuldig zu sein
glaubte, stellte er das Radio an. Nagl fühlte, wie er betrunken
wurde. Der Himmel über dem Markusplatz war jetzt pur-
purrot, das Wasser fast schwarz. Nagl ging in die Kälte hinaus
und war glücklich. Die Sonne war eine rotgoldene Scheibe,
die rasch hinter den Palazzi unterging. Das Purpur hinter den
Häusern versickerte im Meer und zog einen Strom fasriger
roter Wolken nach sich. Dort, wo Nagl den Campanile vermutete, leuchtete im untergehenden Sonnenlicht die Figur
eines goldenen Engels auf, er war klein und hell, während der
Himmel violett wurde und sich von den Häusern weg ins
Grüne verfärbte. Der Engel leuchtete übernatürlich hell, und

der Himmel ging in Weißblau über und verwandelte sich langsam ins Nachtdunkle. Vom Vaporetto aus sah Nagl das letzte Stück des Himmels tief violett, das immer mehr vom Schwarz der Nacht gedeckt wurde. Aber der angestrahlte Engel leuchtete immer heller und deutlicher. Sie fuhren auf ihn zu, und Nagl dachte: Endlich ist es wie im Leben und nicht wie im Traum.

65

Er stieg vor der Accademia-Brücke aus.
Was hatte er Luisa erzählt?
Die Gletscher hatten über das Meer geschimmert, die Eisberge, die Schneewüsten.
In seinem Zimmer stand der Koffer.
Schneestürme tobten dort, wo die Sonne unterging. Und trotzdem schien ihm, als erwarte ihn diese Kälte.

Er ging den Zattere hinauf. Ein alter Mann, umgeben von Katzen saß auf einer Steinbank. Die Katzen umstrichen seine Füße, wetzten sich an seinem Spazierstock, schmeichelten sich von hinten an ihn heran, durch seinen Arm, auf seinen Schoß. Nagl blieb stehen und sah ihm zu. Der Mann hatte ein in Zeitungspapier gewickeltes Paket. Er schien auf etwas zu warten, blickte auf die Uhr, stand auf, beugte sich vor. Es waren schmutzige Straßenkatzen, die ihn umstrichen, den Kopf unter seinen Spazierstockgriff steckten und sich an ihm rieben. Aus einer Nebengasse kam eine Frau mit Plastiksäkken. Sie breitete Zeitungspapier aus und fütterte die Katzen mit Fischresten. Der Alte übergab sein Paket sorgsam der Frau, war aufgestanden und stand vorgebückt auf seinem Stock mit Gummipfropfen und sah befriedigt zu, wie die Katzen seinen Abfall verschlangen. Die Frau schwieg jetzt ebenfalls, seufzte und faltete die Papiere zusammen. Als der Alte sah, daß alle Katzen fraßen, ging er gebückt, allein und langsam in die Dunkelheit, in der die großen Schiffe lagen. Er folgte ihm, aber der Mann ging an seinem Haus vorbei.

Nagl legte sich auf das Bett und wartete. Er dachte daran, daß das Eis in der Arktis »Ewiges Eis« hieß. Das Eis war blau. Er dachte an Spitzbergen. Spitzbergen war der einzige Ort, der ihm einfiel.

Als es hell wurde, fuhr Nagl nach Mestre. Er konnte den Engel am Himmel nicht mehr sehen. Von Mestre nahm er einen Bus zum Flughafen Marco Polo und löste ein Ticket nach Fairbanks, Alaska.

Fischer Bibliothek

Ilse Aichinger
Die größere Hoffnung
Roman. Mit einem Nachwort
von Heinz Politzer.

Herman Bang
Sommerfreuden
Roman. Mit einem Nachwort
von Ulrich Lauterbach.

Joseph Conrad
Freya von den Sieben Inseln
Eine Geschichte von seichten
Gewässern. Mit einem Nach-
wort von Martin Beheim-
Schwarzenbach.

William Faulkner
Der Strom
Roman. Mit einem Nachwort
von Elisabeth Kaiser.

Otto Flake
Die erotische Freiheit
Essay. Mit einem Nachwort
von Peter Härtling.

Jean Giono
Ernte
Roman. Mit einem Nachwort
von Peter de Mendelssohn.

Manfred Hausmann
Ontje Arps
Mit einem Nachwort von
Lutz Besch.

Ernest Hemingway
Schnee auf dem
Kilimandscharo
Das kurze glückliche Leben
des Francis Macomber
Zwei Stories. Mit einem Nach-
wort von Peter Stephan Jungk.

Hugo von Hofmannsthal
Reitergeschichte
und andere Erzählungen
Mit einem Nachwort von
Rudolf Hirsch.

Franz Kafka
Die Aeroplane in Brescia
und andere Texte
Mit einem Nachwort von
Reinhard Lettau.

Annette Kolb
Die Schaukel
Roman. Mit einem Nachwort
von Joseph Breitbach.

Alexander Lernet-Holenia
Der Baron Bagge
Novelle. Mit einem Nachwort
von Hilde Spiel.

Heinrich Mann
Schauspielerin
Novelle. Mit einem Nachwort
von Hans Wysling.

Klaus Mann
Kindernovelle
Mit einem Nachwort von
Herbert Schlüter.

Thomas Mann
Der kleine Herr Friedemann.
Der Wille zum Glück. Tristan
Mit einem Nachwort von
Reinhard Baumgart.

Herman Melville
Billy Budd
Vortoppmann auf der
»Indomitable«.
Mit einem Nachwort
von Helmut Winter.

S. Fischer Verlag

Hubert Fichte

Mein Lesebuch
Fischer Taschenbuch
Bd. 1769

Detlevs Imitationen
»Grünspan«
Roman. 242 Seiten,
engl. Brosch.

Die Palette
Roman. 347 Seiten,
engl. Brosch.

Das Waisenhaus
Roman. 172 Seiten,
engl. Brosch.

Wolli Indienfahrer
499 Seiten, engl. Brosch.

Versuch über die Pubertät
Roman. 298 Seiten,
engl. Brosch.
Fischer Taschenbuch
Bd. 1749

Xango
Die afroamerikanischen
Religionen II. Bahia – Haïti –
Trinidad (Textband)
355 Seiten, brosch.

Leonore Mau
Xango
Die afroamerikanischen
Religionen I. Bahia – Haïti –
Trinidad
56 Farbfotos und
47 Schwarzweißfotos.
Texte von Hubert Fichte.
172 Seiten, Leinen in
Schuber

S. Fischer